Della stessa autrice

Storia del figlio

Le strade
605

I edizione: agosto 2025

Via Isonzo 42, Roma

Titolo originale: *Les Sources*
Traduzione dal francese di Antonella Conti

ISBN: 979-12-5967-464-7

www.fazieditore.it

Marie-Hélène Lafon

Sorgenti

traduzione di Antonella Conti

Fazi Editore

A Pascale Gautier

Il cinghiale solitario fiuta verso i casolari.
Conosce l'ora della siesta.
Trotta per un'ampia svolta sotto le fronde, poi dal corno di
vegetazione più vicino, si fionda.
Eccolo. Si voltola nell'acqua. Il fango contro la pancia.
La frescura lo passa da parte a parte,
dalla pancia alla schiena.
Azzanna la fonte.

JEAN GIONO, *Collina*[1]

1. Jean Giono, *Collina*, trad. di Francesco Bruno, Parma, Guanda, 1998.

Sabato 10
e domenica 11 giugno 1967

Lui dorme sulla panca. Lei non si muove, il corpo inchiodato alla sedia, le bambine e Gilles sono nel cortile. Sono usciti subito dopo mangiato, sanno che non bisogna far rumore quando lui dorme sulla panca. Claire si è chiusa le due porte alle spalle, la porta della cucina e quella del corridoio. La tavola non è sparecchiata, ci penserà più tardi lei, quando lui avrà finito la siesta. In giardino c'è un bucato steso ad asciugare, Nicole lo ha appeso alla corda prima di andarsene, bisognerà raccoglierlo, stirarlo, metterlo a posto, preparare i vestiti dei bambini per domattina, e anche i loro, e lucidare le scarpe. È contenta di scendere a trovare i genitori, vorrebbe essere contenta, staranno da lei, a casa dei suoi, potranno ridere e parlare a voce alta, lui non alzerà la cresta; a casa dei suoi non alza mai la cresta, mangia e sta zitto. Tra tre settimane, il 30 giugno, lei compirà trent'anni. Trent'anni, tre figli, Isabelle, Claire e Gilles, due femmine e un maschio, sette, cinque e quattro anni, una fattoria, una bella fattoria, trentatré ettari, una casa grande, ventisette mucche, un trattore, un vaccaro, un garzone, una domestica, un'automobile, la patente. Per fortuna ha la patente; sua madre ha fatto bene a insistere perché la prendesse. Isabelle, Claire, Gilles. I tre nomi non mancano mai nelle sue liste; tre figli, tre nomi, trentatré ettari, trent'anni. Si aggrappa alle liste. Isabelle e Claire sono sulle altalene; Gilles le guarda, seduto sul muro con le braccia incrociate sul petto, tende le gambe nude e imita il ritmo delle sorelle che cercano di darsi lo slancio. Altri figli non ne avrà, Gilles sarà l'ultimo, le piace stringerlo a sé, tenerselo vicino, è morbido, profuma di zucchero caldo e, ancora, di neonato. Ride quando si sveglia, la mattina è sempre allegro quando sono soli nella cameretta, lui e lei. Le due femmine le sfuggono già, lo sente; corrono, saltano, fanno la faccia seria, non parlano. Isabelle ha cominciato la scuola, lo scuolabus passa in fondo allo sterrato, la mattina e la sera; la maestra dice che è brava. Fa i compiti sul tavolo di cucina e non c'è bisogno di starle dietro. Claire andrà in prima tra poco più di un anno. Lei pensa a sua madre e alle sue zie, quando dicono che tutto passa in fretta, la vita, il tempo, i bambini piccoli a casa con le mamme. Adesso comincia a capirle, deglutisce nel silenzio della siesta, appoggia il mento sulle mani e i gomiti sull'incerata, ai lati del piatto, deglutisce di nuovo. Presto saranno otto anni di matrimonio; fa i calcoli, mancano sei mesi e diciassette giorni, si sono sposati il 30 dicembre 1959. Non le piace pensarci, non dovrebbe. Otto anni di matrimonio e quattro alla fattoria, lì, in capo al mondo, lontano da tutto. Vorrebbe alzarsi, uscire, ritirare il bucato, darsi da fare, avvantaggiarsi un po' prima della toilette settimanale dei bambini, la toilette del sabato che dura di più se il giorno dopo si va dai nonni, dai genitori di lei o di lui, bisogna che tutti e tre siano impeccabili, sempre. Il suo corpo è pesante. Resta lì ad aspettare, ancora.

Nicole ha sedici anni, quasi diciassette. È arrivata dopo Annie, la sua prima domestica, che ci aveva passato più di tre anni. Era così carina, così vivace e allegra, sorridente dalla mattina alla sera. Si vedeva che era abituata al lavoro. Fare il bucato per una famiglia di cinque persone, senza contare i vestiti dei due lavoranti, pulire una casa grande, badare alle galline e ai conigli, curare il giardino, innaffiare e diserbare, non si spaventava di nulla. Era nata da quelle parti e non se n'era mai andata. I genitori gestivano una piccola fattoria nelle terre alte del comune e il padre andava anche a giornata, giù a valle, per sbarcare il lunario. Annie conosceva le persone, le famiglie, le storie, e ne parlava volentieri, senza malizia ma sempre con la battuta pronta. Annie aveva compiuto vent'anni, si era sposata e aveva seguito il marito che stava per aprire un'officina a Mauriac, all'altro capo del dipartimento. Le mogli seguivano i mariti. Nicole seguirà il suo, Nicole avrà un marito, anche se è meno graziosa di Annie, meno pimpante e più lenta, più goffa. Ci si abitua a tutto; lei si è abituata a Nicole, che a volte è un po' tarda ma il suo lavoro lo fa eccome. Anche Nicole viene da una fattoria, è la maggiore di una famiglia numerosa e si vede che è stata tirata su con le maniere forti. Lei, invece, non è stata tirata su con le maniere forti. Ma questa è un'altra cosa a cui non bisogna pensare, ogni volta le vengono le gambe molli, eppure non riesce a smettere di rimuginare sulle sue vecchie solfe da ragazzina. Non erano gente ricca, ma in casa non mancava nulla, e mentre il padre era prigioniero in Germania, la madre aveva portato avanti la baracca da sola, con i quattro nonni che facevano a gara per viziarla, lei, la piccolina, la principessa, la regina. A Fridières passava da una casa all'altra, le fattorie erano confinanti, i genitori si conoscevano da sempre. Aveva compiuto quattro, poi sei, poi sette anni, e il padre non tornava. Ne parlavano, gli spedivano dei pacchi. Quando era stata capace di scrivere, aveva tracciato parole dettate dalla madre e dalla nonna in fondo alla lettera per il prigioniero; ci si metteva d'impegno, ma ricorda di aver pensato, senza dirlo, che non le piaceva avere un papà prigioniero, le due parole non stavano bene insieme. Poi lui era tornato, aveva l'aria vecchia e stanca, lei non aveva riconosciuto l'uomo che si vedeva nella foto del matrimonio e, qualche giorno dopo, aveva domandato a sua madre se quel signore sarebbe ripartito presto.

Affonda il mento tra le mani, le dita dei piedi si agitano sotto il tavolo dentro le pantofole blu. Chiude gli occhi. Dormiva con sua madre; fino al ritorno del prigioniero aveva dormito con sua madre, nel letto grande, al calduccio, incollata alla schiena di sua madre, con il naso tra i capelli sciolti di sua madre, abbarbicata a lei. Poi, dopo il ritorno, mai più. Mai. Le sale un groppo in gola, non deve, vorrebbe frenarsi, bisogna conservare le forze per fare tutto, altrimenti scoppia un'altra scenata, un altro putiferio. Ha le parole per dirlo, adesso, non molte, due o tre, le bastano; in tutti questi anni ha trovato le parole per parlare a se stessa, dentro la pelle, di quello che le succede, di quello che è successo fin dall'inizio, subito dopo il matrimonio. Queste parole non le dice a nessuno, come potrebbe dirle, bisogna fingere davanti alla gente, la gente sono tutti gli altri, anche sua madre e suo padre, e le sue sorelle. Le sorelle sanno, hanno sentito, hanno capito, hanno visto, una volta, dopo la nascita di Gilles, quando lui non ce l'ha fatta a trattenersi davanti a loro. Da quella volta non sono più tornate a passare qualche giorno alla fattoria come facevano quando le bambine erano più piccole, ma lei non sa se le sorelle abbiano raccontato alla madre quello che hanno visto. Sua madre non le ha mai detto nulla e lei neppure. Le parole non arrivano, c'è l'orgoglio che le blocca. Lei la chiama orgoglio, quella cosa che la fa resistere e restare e che conta tanto anche per sua madre; lei lo sa, e conosce sua madre meglio di chiunque altro, meglio delle sorelle e del padre. È per via degli anni della guerra, dell'odore dei capelli di sua madre quando erano tutte e due nel calduccio del letto. Tira su il mento, apre gli occhi, e affonda le dita nella carne degli zigomi. La domenica andavano anche al cimitero, dopo la messa. Le due nonne, quella materna e quella paterna, la nonnetta e la nonnina, le seguivano poco più indietro. La sua mano sinistra era nella mano destra della madre, si fermavano davanti alla tomba, ma non per molto; la madre non diceva nulla, si limitava a stringere un po' più forte la mano di lei nella propria che diventava umida. E finiva lì, uscivano dal cimitero. Più tardi, quando aveva cominciato a frequentare la scuola del paese, aveva potuto leggere sulla lapide: «ANDRÉ 1935-1937».

Lui si sposta un po' sulla panca, muove il braccio sinistro ripiegato sugli occhi per proteggerli dalla luce, ha lasciato gli occhiali sul tavolo, accanto al coltello chiuso, e dorme così, disteso su quella panca stretta, la gamba sinistra appoggiata sopra la destra, i piedi incrociati. Lei conosce i suoi orari, dormirà altri dieci minuti. Poi si sveglierà e in un attimo sarà in piedi. Si metterà gli occhiali, prenderà il coltello e le chiederà senza guardarla cosa aspetta a sparecchiare. Non sopporta il minimo rumore durante la siesta. Lei non risponderà. Il groppo in gola si indurisce. È orgogliosa, come sua madre, è un modo di essere, anche se questo non spiega tutto. Sua madre avrebbe potuto impedire il matrimonio se avesse insistito, ma non lo aveva fatto. Suo padre le aveva parlato, una volta, una sera dell'ultima estate che aveva trascorso con i genitori, nel 1959. Stavano tornando dal prato tondo, lui con la falce, lei con il rastrello; era un piccolo prato in pendenza, tutto sbilenco, incastrato sotto dei frassini che oscuravano il sole. Il padre falciava e lei lo seguiva con il rastrello, il fieno era rado e non molto alto, ma bisognava comunque spostarlo perché potesse sfuggire all'ombra dei frassini e seccarsi meglio. Le piaceva lavorare con il padre, lui era calmo e pacato. Dopo l'ultima curva, in cima alla salita, si era fermato; da lassù si vedeva tutto, prima Fridières, e, di fronte, dall'altra parte del ruscello, del Résonnet, la fattoria di Soulages, che aveva proprio un bell'aspetto, i due annessi, i prati, gli animali, e la grande casa, dove sarebbe andata ad abitare dopo il matrimonio, in meno di sei mesi, la data era stata fissata, il 30 dicembre. Pierre avrebbe lavorato con il padre, come aveva fatto prima del servizio militare. Stava per tornare, mancavano nove settimane, lo aveva confermato nell'ultima lettera; fine settembre o inizio ottobre. Suo padre si era voltato a guardarla, aveva detto, è una bella fattoria, e Soulages è a un tiro di schioppo da casa nostra, ma il tuo fidanzato non mi piace, non mi piace il modo in cui ti guarda.

Il cortile è tutto verde. Isabelle è salita sull'acero, si arrampica fin quasi in cima e ci resta per ore; da sotto l'albero, addossandosi al tronco, le si vedono i piedi, si capisce che è lì ma a chiamarla non risponde. Lei non sa da che verso prenderla, Isabelle, che è la maggiore, capisce tutto, le resiste e si tiene alla larga dal padre. Claire e Gilles sono accovacciati davanti al recinto e parlano ai conigli. Dalla soglia dell'ingresso li vede di spalle; la luce gioca sui loro capelli castani con riflessi dorati, sui boccoli di Claire, sulle onde morbide di Gilles. Non sono biondi, di figli biondi lei non ne ha avuti. Isabelle è riccia come il padre, e quasi bruna. Claire parla ai conigli, Gilles ascolta e gira la testa un po' verso la sorella un po' verso i conigli, come se i conigli rispondessero. Lei gli chiederà se i conigli rispondono quando Claire parla con loro; Gilles glielo racconterà cinguettando prima di addormentarsi, quando lo metterà a letto. Il suo lettino con le sbarre è nella camera del piano di sotto, accanto alla loro; le piace attardarsi sulla sedia da balia, appoggiata con una spalla alle sbarre del letto dipinto di giallo che viene da casa dei suoi, ci ha dormito anche lei prima che il padre partisse per la guerra; non ha mai chiesto a sua madre se aveva avuto il tempo di usarlo per André; non può fare queste domande a sua madre. Una dopo l'altra, le sorelle hanno dormito in questo lettino, che tornerà a servire quando anche loro avranno dei figli. Le sorelle vedono gente, hanno vent'anni, vivono la loro vita; le sorelle non possono fare nulla per lei. Isabelle e Claire dormono già di sopra, insieme, in un letto grande e nuovo. Il sole di giugno schiaccia il cortile che bisogna attraversare per andare in giardino a ritirare la biancheria pulita, ha preso la cesta, la sente contro il fianco, il suo corpo procede, i bambini non si voltano. Il cortile è vuoto; a quest'ora le galline sono nel prato dietro la casa, e i cani sono scesi alla stalla, con lui; lo seguono quando si sveglia dalla siesta, gli obbediscono, rigano dritti. Quando lei vede tornare i cani, che aspettano nel cortile senza entrare in casa, quando i cani passano davanti al cancello del giardino o si sdraiano dietro l'acero, sa che lui non è lontano.

Il bucato è asciutto e ha un buon profumo. I vestiti delle bambine per domani, le due giacchine bianche e le cosine di Gilles, da stirare. I calzini, le mutande e le canottiere dei bambini, tutto da stirare, e poi due sottovesti, una camicia, una gonna per lei. Nicole non mischia i panni quando li stende, i vestiti dei bambini da una parte, quelli degli adulti dall'altra, ha i suoi metodi. Lavora con calma, è molto attenta. Quando innaffia il giardino, la sera, si china e guarda da vicino se l'acqua si spande bene alla base delle piante, non ne mette troppa, e prepara gli annaffiatoi con il giusto anticipo, in modo che l'acqua non rimanga ghiacciata così come viene fuori dal rubinetto della latteria. Fa come sua nonna, e dice che il giardino di sua nonna è il più bello dei dintorni. Isabelle adora innaffiare il giardino insieme a lei, ci si applica; dalla cucina, le si vede andare e venire. Per fortuna c'è Nicole, è un gran bene avere una domestica, potersel permettere, non in tutte le fattorie ce l'hanno; a Fridières, a casa dei suoi, nessuno ne ha mai avute, di domestiche, ma né lei né le sorelle hanno dovuto andare a lavorare in casa d'altri, entrare a servizio da altri. A Soulages, dai suoceri, ce n'è uno stuolo, sei a tavola tutti i giorni, mattina, mezzogiorno e sera, oltre alla famiglia al completo, e la suocera ha la stessa domestica da vent'anni, Yvonne, che sgobba come una pazza, più una o due donne, sempre le stesse, che ci vanno a giornata varie volte l'anno, quando c'è bisogno. In quella casa sanno come far entrare i soldi, gli va riconosciuto; sono stati i primi della zona ad avere un trattore, la macchina, la televisione. La cesta del bucato è quasi piena. Si ferma sul vialetto del giardino e scuote la testa per non pensare a quei primi sei mesi di matrimonio in cui abitava a Soulages, da gennaio a giugno del 1960. Ricorda e i ricordi picchiano duro. È rimasta incinta subito, Isabelle è nata il 30 novembre 1960, undici mesi giusti dopo il matrimonio. Le due sottovesti, la camicetta, la gonna, le posa sopra la cesta; non riconosce più quel corpo in cui hanno transitato tre bambini; non sa cosa ne è stato di lei, si è persa nelle pieghe della pancia rammendata, lacerata dalle cicatrici di tre parti cesarei. Le braccia, le cosce, i polpacci e il resto. Saccheggiato; il suo primo corpo, quello vero, quello di prima, è nascosto lì dentro, rintanato, acquattato. Lui dice, come ti sei ridotta. Dice, puzzi, ti puzza. E affonda.

Per calmarsi e resistere, bisogna fare. Fare delle cose. Questo lo ha imparato; lavorare, ripetersi le sue liste, pensare ad altre persone, raccontarsi le storie degli altri al di fuori della famiglia e sfruttare le occasioni. Le chiama occasioni, le tregue; ce ne sono, e alcune piuttosto prevedibili. Oggi pomeriggio, per esempio, sarà sola suppergiù fino alle cinque; lui non dovrebbe tornare prima di aver finito la mungitura, e il vaccaro ha preso il giorno libero perché domani, domenica, farà ogni cosa da solo con il garzone, Félix, che invece è sempre lì. Fare ogni cosa, quindi la mungitura del pomeriggio e il formaggio, il Saint-Nectaire. Il garzone non ha famiglia, tranne una sorella più grande che vive a Chanterelle, al limitare del Puy-de-Dôme, e che probabilmente non ha molta voglia di averlo tra i piedi, soprattutto se ha bevuto; e quando Félix esce, beve; alla fattoria trova il modo, tra un pasto e l'altro, di ciucciare dalla sua fiaschetta, sicuramente la riempie dalla botte giù in cantina e poi la nasconde qua e là, ma ci è abituato e il lavoro non ne risente; anzi, è la sua benzina, lui deve avere la sua razione di vino, è come il trattore, solo meno ingordo, lo dice lui stesso; e ride, e si vede che gli mancano diversi denti, sopra e sotto. Félix ha la sbronza allegra. Ha quarantacinque anni, lei ha letto la sua data di nascita sui documenti quando lo hanno assunto e le è rimasta in mente: un 30 agosto, lo stesso giorno e lo stesso mese di Claire, ma quarant'anni prima, nel 1922. La data di nascita di Félix fa addirittura parte delle sue liste, insieme a quelle di Annie e di Nicole, e dopo quelle dei genitori, delle sorelle e di tutti gli zii, le zie e i cugini che conosce. Félix è messo male, sembra più vecchio di almeno dieci anni e non vuole uscire dal suo tran tran, soprattutto si rifiuta di imparare a guidare il trattore. Ne ha persino un po' paura, basta vedere come se ne sta in disparte, con la schiena curva, rannicchiato su se stesso, quando il trattore fa manovra nel cortile o davanti alla stalla. E però le macchine sono il futuro, lo dice anche suo padre, per quanto neppure a lui vadano molto a genio. A lei Félix non dispiace, è simpatico, sta al suo posto e non racconta in giro quello che vede o che sente.

Félix ha visto molto e sentito quasi tutto. Ha vissuto con loro fin dall'inizio, da quando hanno comprato la fattoria. Hanno firmato a marzo del 1963, un giovedì, il 7, nello studio del notaio di Allanche. Cadeva una pioggia mista a neve, come il giorno del matrimonio, e loro avevano firmato, come il giorno del matrimonio. Se ne sta impalata nel vialetto del giardino, davanti alla cesta piena di biancheria pulita e asciutta, nella luce verde di giugno; ha firmato. Pensa alla fattoria, che è una bella fattoria, e alla pioggia mista a neve del giorno del matrimonio. Non le lascia scampo, quella pioggia che guasta tutto il suo orgoglio di proprietaria di una bella fattoria, con un vaccaro, un garzone e una domestica. Sa dove sono le foto, non le ha mai incollate nell'album verde regalato dalla zia Jeanne, le ha infilate alla rinfusa tra le prime pagine e così rimarranno. Non riesce a guardarle, quelle foto. La prima volta che le sue sorelle sono venute alla fattoria, a giugno del 1963, hanno chiesto di vederle, ma è stata l'unica volta. Eppure erano delle ragazzine, quindici e sedici anni, e si ricordavano bene del matrimonio; all'inizio hanno riso, dei baffi del padre, degli invitati che riconoscevano, e di ritrovarsi nel corteo nuziale nella piazza del paese o all'uscita della chiesa sotto gli ombrelli, con i loro cappottoni invernali e le calze bianche da bambine; poi hanno smesso di ridere, le hanno restituito l'album e sono andate a prendere Isabelle, che era a letto per la siesta ma non voleva più dormire. A giugno del 1963, le sorelle si erano trattenute per quindici giorni e poi, subito dopo la loro partenza, fortunatamente era arrivata Annie, per aiutarla in casa e per badare a Claire, che non dava problemi ma era pur sempre una bambina di meno di un anno. Le sorelle erano tornate giù con Isabelle, che avrebbe trascorso l'estate a Fridières fino al parto, previsto per la fine di luglio. Lei aspettava Gilles, aveva sempre mal di schiena e le gambe gonfie, la cicatrice tirava. Non aveva più voglia di niente. Avrebbe voluto solo piangere e dormire tutta la giornata, e non avere più la voce di lui nelle orecchie, non sentirselo più girare intorno, soprattutto la sera a letto, quando doveva ancora servirlo e lasciarlo fare. Era stata così sollevata dal fatto che il bambino fosse un maschio. La mattina dopo, il dottor Lachalme, che le aveva fatto tutti e tre i cesarei e la conosceva bene, era entrato nella stanza. Conosceva anche sua madre e le aveva parlato. Si era chiuso la porta alle spalle, aveva guardato il neonato, aveva detto che era un bel bambino, si era messo a sedere e le aveva spiegato; la legatura delle tube, sua madre aveva ragione, lei non poteva continuare così, tre cesarei in tre anni, a ventisei anni, aveva tre figli belli sani, due femmine e un maschio, finalmente sarebbe stata tranquilla. Aveva ripetuto la parola tranquilla.

Tranquilla non lo è mai completamente. A parte al mattino, tra l'ora in cui lui si alza per andare a mungere, alle cinque, e quella in cui lei deve buttarsi giù dal letto, verso le sei e mezzo o al massimo le sette, per attaccare la giornata. È un'espressione di sua madre, attaccare la giornata, la ripete a se stessa per darsi coraggio. Lei non si è mai alzata dopo la domestica, era inconcepibile che la padrona si alzasse dopo la domestica, anche se Annie e Nicole sapevano sbrigarsela da sole per la zuppa del mattino, che gli uomini mangiano verso le sette e mezzo, e per la colazione dei bambini. Il tavolo di cucina è lungo, i tre uomini a un'estremità, i tre bambini all'altra, e loro, le due donne, che fanno la spola tra gli uni e gli altri. Sono cose che lei conosce bene, è la vita di fattoria, ma lì da loro non parla nessuno, tranne lui e il vaccaro, il nuovo arrivato, Gérard, che gli risponde. Dà un'occhiata intorno, il giardino è proprio bello, è una cosa importante; anche se la casa è isolata in fondo allo sterrato, la gente vede il giardino dall'alto quando passa sulla strada. La gente sa tutto in questi paeselli, qui come a Fridières o a Soulages; il giardino deve essere ben tenuto; fagioli, carote, piselli, patate, cavoli, e sono già quindici giorni che mangiano insalata, Félix diserba e vanga, Nicole innaffia. Le peonie rosse trapiantate da Fridières sono venute bellissime per la prima volta, ci hanno messo anni a adattarsi, qui siamo più alti, siamo a mille metri. L'inverno è più lungo, e la stagione dei giardini più corta. Le peonie sono già sfiorite, adesso bisogna aspettare i flox, verso i primi di luglio, quando si comincia a falciare. Avrebbe dovuto piantare o seminare altri fiori, ma le è mancato il coraggio di occuparsene e ormai è troppo tardi. Durante la fienagione lui dà di matto, vuole finire più in fretta di tutti, vorrebbe aver finito prima ancora di cominciare, urla che è da solo a fare ogni cosa, che lei è una palla al piede, un sacco di patate. È vero, ha ragione, un sacco di patate, è diventata un sacco di patate. Un grosso sacco di patate. Che lui picchia, nelle gambe, nella pancia.

Attraversa il cortile, rientra in casa dalla cucina che adesso le sembra buia e fresca. Giugno ha smesso di piacerle. Le stoviglie di mezzogiorno sono asciutte, le ripone con gesti pesanti, è lei che è pesante, la sua carne è pesante. Dà un'altra pulita al tavolo prima di mettersi a stirare. Dovrebbe anche spazzare il pavimento, ma non c'è più tempo, è rimasta un po' troppo a cincischiare in giardino, è sempre oberata di lavoro. Claire e Gilles sono sulle altalene e giocano a darsi lo slancio il più indietro possibile, con le gambe e i busti distesi, le natiche in perfetto equilibrio sulla tavoletta, i pugni stretti intorno alle corde. Chiudono gli occhi, hanno il viso contratto per lo sforzo. Isabelle gli parla dall'alto, dall'albero.

Le altalene dei bambini sono un regalo della zia Jeanne, la zia di lui, la sorella di suo padre. Non è sposata, vive a Meudon, vicino a Parigi, insegna matematica in una scuola religiosa. A lei la zia Jeanne piace, è l'unica parente acquisita con cui si sente a suo agio, ma non si vedono quasi mai, tranne una o due volte d'estate, durante le vacanze, mentre è a Soulages dal fratello. Da quando Isabelle va a scuola, la zia Jeanne manda dei libri ai bambini, ha detto che lo avrebbe fatto ogni Natale e per i compleanni. All'inizio, i primi due anni, era venuta a passare qualche giorno alla fattoria, d'estate, tra le due falciature, prima di Ferragosto. Finché c'era stata la zia, lui si era trattenuto. Lei non sa bene perché la zia Jeanne non viene più, ma lo intuisce; la zia deve aver percepito che in questa casa c'è qualcosa che non va. È una donna che conosce la vita; forse ha anche cercato di parlare con il nipote, che lei chiama ancora Pierrot, come quando era piccolo; ma si è scoraggiata. La gente si scoraggia, è normale, ognuno ha i suoi problemi e pensa agli affari propri come può; lassù sono in capo al mondo, la famiglia è troppo lontana. Nessuno viene a trovarli, tranne il postino, il commerciante di bestiame e il veterinario, e loro non vanno a trovare nessuno. Sono nuovi della zona, quattro anni non contano niente, li chiamano ancora quelli di Aurillac, lei lo sa, glielo ha detto Annie. Del resto, preferisce starsene da sola nella sua tana. È difficile fingere sempre. Domani, a casa dei genitori, fingerà. Resteranno a tavola a lungo, lei si riposerà, parleranno di giardini, della gente, dei vicini. Sua madre è brava a raccontare, fa il verso a questo e a quello, ciascuno con le sue manie, i suoi modi di fare, il suo accento, e ridono tutti, anche lui. Lei si sentirà addosso lo sguardo del padre, ma il padre è una pasta d'uomo, non può fare nulla per lei, la sua vita è andata così; ha quasi trent'anni e la sua vita è stata saccheggiata, lo sa, ormai è incastrata, inchiodata, con i tre figli che ha, e lui è il padre dei tre figli, li guarda appena ma è il padre, è suo marito e ha dei diritti.

Eccoli lì, giocano nel cortile; Gilles e Claire seguono Isabelle che è scesa dall'acero. Si trascinano dietro dei rami di sambuco, Isabelle si gira e parla con i due piccoli; non si riesce a sentire cosa dice, ma loro ridono, e Isabelle anche. In casa, con gli adulti, Isabelle si tiene un po' in disparte, sembrerebbe quasi scontrosa, ma, a sentire le sorelle, quando è con loro, a Fridières, non le si sta dietro, è un uragano, è una chiacchierona, parla, parla, fa domande a non finire, ha l'argento vivo addosso. Le sorelle hanno un debole per Isabelle perché è la prima nipote, e perché l'hanno accudita a lungo dopo la nascita di Claire, dopo che da Soulages si sono trasferiti in una fattoria presa in locazione e tenuta per appena un anno, dalla fine di marzo del 1962 a febbraio del 1963, e lei è rimasta subito di nuovo incinta. A marzo 1963 si sono trasferiti qui, era lontano, a più di novanta chilometri, almeno un'ora e mezzo di macchina, ma lui ha voluto così, ha deciso, bisognava lanciarsi, avrebbero preso un prestito per comprare, sarebbero stati a casa loro invece di pagare l'affitto a un proprietario, e con la vendita del Saint-Nectaire sarebbero riusciti a ripagarlo, anche se forse, all'inizio, avrebbero dovuto tirare un po' la cinghia. La fattoria consisteva di un'unica tenuta, con un bel prato pianeggiante e un fiume, la Santoire, per irrigare, assicurarsi l'erba di secondo taglio e tenere le bestie al pascolo il più a lungo possibile nella bella stagione. A lui le idee non mancano, è come il padre, e come il fratello che ha aperto un negozio a Aurillac. Lei non avrebbe dovuto firmare. Avrebbe dovuto dire no, rifiutare. Sarebbe dovuta venir via, anche incinta, sarebbe dovuta venir via con le bambine. Ma non ci era riuscita. Non sapeva dire perché e per come, lui aveva la forza dalla sua, lei gli teneva dietro. Gli aveva tenuto dietro. Vorrebbe sedersi sulla poltrona, all'angolo della finestra, e dormire, per non pensare più. Ha lasciato la cesta della biancheria sul tavolo del corridoio, va a prenderla.

Scendono a trovare le famiglie suppergiù una domenica al mese, mangiano una volta a casa di lei e una volta a casa di lui, è stabilito così, partono verso le dieci e mezzo e rientrano la sera; ogni volta, il giorno prima, il sabato, è terribile, tutto torna e la assale. Lo sa, se lo aspetta. Si rammenta di ogni cosa, le date, i momenti, quello che avrebbe dovuto fare, quello che non ha fatto, si sente travolta e non può lottare. Lui sembra indovinarlo, annusarlo, e il sabato sera, soprattutto quei sabati, bisogna incassare, sempre; è disgustata, lui la disgusta, è peggio di una bestia, le bestie non sono cattive, le bestie non parlano per dire parole che sono peggio delle botte. Avrebbe preferito che Nicole restasse, anche se con lei si sente meno a suo agio che con Annie, ma Nicole ha il giorno libero, è normale, parte il sabato prima di mezzogiorno e torna la domenica sera. Lei si sente sollevata quando torna la domestica, tira il fiato. Adesso deve stirare, stende la coperta da stiro sul tavolo e attacca il ferro nuovo di zecca alla presa. Ha appoggiato la cesta sulla panca, si china, liscia il vestito di Isabelle con i palmi delle mani e lo stira dal rovescio, per evitare di lasciare segni sul tessuto; sa che sua madre ha occhio, che non le sfugge nulla, soprattutto riguardo all'aspetto dei bambini. Vorrebbe non deluderla, almeno questo. Sa che a sua madre non piace com'è diventata; non ha peli sulla lingua, sua madre, e le ha già detto che non può rimanere così, in quello stato, alla sua età, adesso che non avrà più figli non deve lasciarsi andare, deve mettersi a dieta, ne va della sua salute e anche del suo matrimonio, gli uomini hanno le loro esigenze, altrimenti si guardano intorno, cercano fuori quello che non hanno più in casa, perciò lei non si deve trascurare, deve reagire, ha dei bei bambini, è la padrona di una fattoria, con una famiglia da mandare avanti, deve mantenersi all'altezza del suo rango. La parola rango gorgoglia nella gola di sua madre che le parla con dolcezza, insiste, ripete, le sfiora il braccio, piega la testa verso di lei; sua madre è alta per essere una donna, più alta di suo padre, e anche più solida, più piantata, robusta, ma non grassa, non flaccida. Sua madre è forte. Lo dice pure lui; dice, io tua madre la rispetto, tuo padre non vale una cicca, non è un uomo, ma tua madre la rispetto.

Gli abiti delle bambine, le due giacchine bianche, il necessario per Gilles, la camicetta, la gonna, le sottovesti no, quelle non le stira, e nemmeno le mutande. Va in camera da letto a controllare che a lui non manchi niente, per queste cose è fissato, soprattutto per la biancheria intima. Si lava spesso e parla già di far costruire una stanza da bagno non appena finiranno di pagare il trattore, tra due anni. Presto avranno anche la televisione, e il telefono. Lui è uno che guarda avanti, vuole comprare attrezzature moderne e risistemare i fabbricati. Lei non mette mai piede nella stalla o nel prato come faceva dai genitori. Ha già abbastanza da sgobbare con i tre bambini piccoli e la casa, è sempre sopraffatta; ha una domestica ma è comunque sopraffatta. Ha finito di stirare. Le cose di lui sono sistemate sul lato sinistro dell'armadio a specchio, le pile devono essere ordinate: i fazzoletti, i pantaloni, le canottiere, le mutande, le polo. L'armadio è profondo, lei sa che le foto del Marocco sono dietro le polo, in una busta marrone. Lui le tiene lì, non se ne separa mai. Non ha bisogno di guardarle, lei, le conosce a memoria. Avrebbe dovuto chiedere a Nicole di lucidare le scarpe prima di andarsene. Pazienza, basterà una passata con lo straccio; lui urlerà, urlerà in ogni caso, anche senza motivo. Urla sempre, quando si preparano a partire la domenica mattina, va a sedersi in macchina, suona il clacson a ripetizione, rientra in casa, comincia a girare in tondo in cucina, così, senza motivo, le rimanda l'odore del suo dopobarba, poi torna fuori, ricomincia a suonare il clacson. I cani abbaiano in cortile e i bambini aspettano nel corridoio che lei sia pronta, non sa più dove ha messo la borsa, non deve dimenticare i due Saint-Nectaire, uno per Fridières e uno per Soulages; non si può arrivare a mani vuote, non si può arrivare senza niente. Bisogna lasciare qualcosa da mangiare a Félix e al vaccaro, sulla piastra della cucina perché si mantenga caldo, e la tavola apparecchiata, bisogna che trovino tutto pronto. Non ha mai tempo per occuparsi delle galline e dei conigli, Félix se ne accorge quando torna dalla stalla e ci pensa lui, prima di andare alla latteria. La domenica mattina, quando devono partire, lui urla ma non picchia, si trattiene, lei non sa perché e non cerca più di capire. Non ha mai capito niente, se ne rende conto solo adesso, quando è troppo tardi. Posa la camicetta, la gonna e la sottoveste sulla sedia accanto al camino, senza metterle via perché le servono domani, per andare giù a casa. Il vestito blu con la cintura, quello dell'estate scorsa, non le entra più; nemmeno con la guaina nuova sotto la sottoveste; inutile provarci. Sua madre dirà, hai messo su un altro po' di peso, povera piccola.

Sono le cinque meno dieci. Lui e il vaccaro tornano dalla mungitura. L'asino conosce la strada e si ferma davanti alla porta della latteria. Si chiama Jacquot, tutti gli asini si chiamano Jacquot. I bambini se ne stanno appoggiati al muro del giardino, tutti e tre in fila, Gilles al centro tra le sorelle. Guardano l'asino, e dopo, quando il bidone del latte sarà stato scaricato, si avvicineranno, si arrampicheranno sul traino vuoto e giocheranno a restare in piedi, tenendosi stretti l'uno all'altro mentre l'asino farà il giro del cortile per poi scendere alla stalla. Félix staccherà il traino, manderà l'asino a brucare nel prato e porterà i bambini nel fienile a vedere i gattini, che ormai hanno otto settimane. Sono nati una domenica, il 16 aprile. Loro erano giù dai genitori, avevano mangiato a Soulages, e l'indomani sera, il lunedì, Félix aveva detto ai bambini, rivolgendosi direttamente a loro mentre erano a tavola, che il giorno prima la gatta nera aveva fatto i gattini, quattro. Quella gatta viene da casa dei suoi, da Fridières, ha una macchia bianca sotto il collo, la chiamano Sissi. Non si fa accarezzare da nessuno, tranne che da Claire, che ha pazienza e passa delle ore da sola nel fienile a spiare Sissi e ad accudire i due gattini che hanno deciso di tenere. Per gli altri due, lei ha fatto quello che bisognava fare. Claire dice che Sissi profuma di fieno e se la si gratta tra le orecchie fa le fusa. I bambini non cadono e non si fanno mai male, solo qualche graffio ogni tanto, ma tutti e tre sono molto svegli e se la sanno cavare, per fortuna; vanno d'accordo, giocano; in genere è Isabelle che inventa i giochi, tira fuori le idee, Claire e Gilles la seguono. Félix è carino con loro. Quanto al nuovo vaccaro, non le è chiaro cosa deve pensarne; è giovane, ha appena vent'anni, la stessa età delle sue sorelle, ma ha già lavorato in una fattoria e sa il fatto suo, tanto sul formaggio che sui macchinari. È quadrato, tarchiato. Si chiama Gérard. Basta guardarlo per capire che non si farà comandare a bacchetta come un cane. È già il terzo, gli altri due vaccari se ne sono andati perché il padrone gli si rivolgeva male; si dev'essere cominciato a sapere in tutto il circondario, che il padrone di La Bouysse, quello di Aurillac, è un indiavolato. Con questo Gérard, per il momento, riga dritto. Gérard e Nicole si conoscono, le famiglie sono vicine di casa e da bambini sono andati a scuola insieme, ma Nicole non è come Annie; ha le cose meno chiare in testa e non riesce a dirle.

La tinozza verde è diventata troppo piccola per Isabelle, che ci si lava per prima perché è la più grande e non ha bisogno di aiuto. Esce dall'acqua, solleva in alto i piedi per scavalcare il bordo e fa la pagliaccia, Claire e Gilles ridono. Aspettano il loro turno, seduti sulla panca. Loro ci staranno in due, nella tinozza, per guadagnare tempo. Isabelle non vuole essere asciugata, scappa e scivola sul linoleum bagnato, riprende l'equilibrio allargando le braccia. Bisogna sbrigarsi a finire il bagno, mettere via la tinozza e asciugare per terra prima di cena. A lei non piace lavare i bambini davanti agli uomini, né davanti a lui. Preferisce esserci solo lei per la grande toilette del sabato nella tinozza verde; le altre sere ci si lava all'acquaio. Quando è arrivata alla fattoria c'era già l'acqua calda; lo scaldabagno era stato montato, nuovo fiammante, come quello dei suoceri, la stessa marca. La madre e le sorelle avevano detto che era fortunata. Lui entra in cucina dalla porta della latteria, posa cinque uova sul tavolo, parla piano, tra i denti, ma lei capisce e conosce tutte le sue frasi, sa come storce la bocca; nemmeno questo sei capace di fare, vuoi lasciarle marcire, le uova, preferisci comprarle, è facile con i soldi degli altri, non ti puoi certo abbassare a raccoglierle, aspetti che se le mangino i cani. Isabelle si blocca, si abbottona il pigiama e non si volta; nemmeno lei si volta; rimane china sulla tinozza, continua a insaponare i piccoli, li sente irrigidirsi sotto il guanto di spugna. Stanno uniti, tutti e quattro davanti all'acquaio, tra la panca e la tinozza. Lei sa che lui li sta guardando, aspetta, i bambini non si muovono, forse lui esita, torna alla latteria. Arriva il tonfo della porta bassa che si chiude.

Con i soldi degli altri. Qui la metà di tutto è suo, è scritto nel contratto che hanno firmato dal notaio di Allanche. La metà della fattoria, della macchina, dei mobili, di tutto. Hai voglia a dire, lei le carte le capisce meglio di lui, anche se lui pensa di essere più furbo degli altri. Resta aggrappata alla sua metà, ci pensa. La giornata non è ancora finita, c'è ancora luce, manca poco alle otto ma i bambini sono di nuovo fuori, in pigiama, non è stata capace di impedirglielo, fuori stanno meglio, adesso si sporcheranno di nuovo, perlomeno i piedi, pazienza. Li chiamerà quando sarà pronto in tavola. Le rondini attraversano il cielo, hanno fatto vari nidi nel fienile e i rondinini già si buttano per imparare a volare. Comincia ad apparecchiare la tavola, lui è seduto al suo posto e lei gli gira intorno. Lui legge il giornale, dice che a Gerusalemme gli ebrei e gli arabi si fanno la guerra, che gli ebrei hanno vinto, naturalmente; parla con voce normale, la voce per la gente; lei non gli risponde, non legge le stesse pagine di giornale, e oggi non lo ha neppure aperto, non ha avuto tempo. Dopo cena ci sarà da sparecchiare, lavare i piatti, metterli a posto e spazzare, a mezzogiorno non lo ha fatto e si vede. Non ha nemmeno smistato la biancheria sporca dei bambini, l'ha raccolta in un mucchio e l'ha infilata in fretta e furia nel ripostiglio, insieme alla tinozza verde e agli asciugamani bagnati che avrebbero dovuto essere stesi in giardino, in questa stagione avrebbero avuto il tempo di asciugarsi prima di notte. Per il pranzo degli uomini, domani aprirà un barattolo di *cassoulet* e lo lascerà al caldo su un angolo della cucina. Tiene sempre uno o due barattoli di riserva in fondo alla credenza; lui non lo mangerebbe, ma loro non fanno i difficili. Con i salumi per antipasto, il pane, il formaggio e quello che è rimasto del plum-cake di ieri, dovrebbero essere a posto, non gli mancherà niente. In una fattoria, ai lavoranti non deve mancare niente a tavola, altrimenti non restano, soprattutto se il padrone è insopportabile. Questo vale per i vaccari, molto meno per i garzoni come Félix, che si fermano da qualche parte e non si muovono più. Le piace pensare a queste cose, ai lavoranti, ai modi di vivere che conosce, non le importa un fico secco degli ebrei e degli arabi a Gerusalemme, non ci capirebbe niente, anche volendo; e del resto nemmeno lui ci capisce niente. A ogni modo, si sente padrona di una bella fattoria. Félix è tornato, si mette a sedere. Si sta bene lì in cortile, i cani sono sdraiati davanti alle conigliere, lei va a chiamare i bambini. Erano in un angolo del giardino, arrivano, entrano in silenzio. Lei sa che i bambini hanno paura.

È domenica mattina. Lui si è chiuso alle spalle la porta di casa, oltrepassa la soglia di pietra, lei conosce ogni rumore; Félix e il vaccaro sono scesi dalla stanza degli uomini, dove i due lavoranti dormono, proprio sopra la loro. La casa è silenziosa, lui starà fuori un bel po', non è ancora mai successo che rientri prima del tempo, la mattina. Le viene voglia di tornare a dormire un'oretta, ma non deve, c'è troppo da fare. Le lenzuola non hanno un buon odore, sono macchiate, lo sa, bisognerebbe cambiarle più spesso. Pensa a Belle, una cagna che i suoi genitori hanno tenuto a lungo, dopo la guerra; alla fine Belle aveva più di quindici anni, ha avuto un tumore, la pancia ha cominciato a gonfiarsi e la povera bestia non usciva più dalla cuccia. Lei è come Belle, la sua pancia straborda sul letto, sta per venirle il ciclo, lo sente. Pensa a Belle, e a una donna del paese che era divorziata, la Marissou, non ha mai saputo come faceva di cognome. La Marissou andava a giornata nelle fattorie, ma non in tutte le case; sua suocera non la prendeva perché le donne di quel genere guastano gli uomini, non sanno mantenere il proprio e guastano quelli delle altre. Sente ancora le parole della suocera, e quelle della madre che raccontava che la Marissou, da quando aveva divorziato, non andava più a messa; camminava rasente i muri, così come i due figli. L'ex marito della Marissou si era riaccompagnato con un'altra donna e viveva a Clermont. I figli della Marissou erano due bambinetti magri e scuri, due gemelli, Alain e Daniel, che avevano più o meno l'età delle sue sorelle e andavano a scuola con loro; durante la ricreazione facevano a botte, l'insegnante li metteva in punizione, erano ostici e selvatici. La Marissou viveva con i figli in una casupola diroccata con il tetto di lamiera, dietro la chiesa. A lei però, a sedici o diciassette anni, queste storie non interessavano più di tanto. Non sa com'è andata a finire per Alain e Daniel, non particolarmente bene, immagina. Resta ancora a letto, è giugno, si fa giorno, una luce rosa e fresca trapela dalle fessure delle imposte. Se allungasse il braccio destro, toccherebbe la porta dell'armadio a muro. Il fondo della stanza è tappezzato di armadi enormi, sei ante modanate di rovere cerato; è una stanza grande, con un caminetto e due finestre, una che dà sul cortile, l'altra sul prato e sulla Santoire. Se fossero state persone normali, come tutti gli altri, ci avrebbero fatto la sala da pranzo, lì, in quella bella stanza. Dietro la porta dell'armadio, accanto alla testa del letto dal lato dove dorme lei, ha messo via il suo abito da sposa, e tutte le lettere del Marocco, in una scatola di cartone bianca; le lettere di lui; le sue, quelle che lei gli ha mandato durante i ventisette mesi di servizio, sono andate perse.

I pensieri la attraversano al mattino appena sveglia e la immobilizzano tra le lenzuola sporche, soprattutto la domenica quando non c'è Nicole; è tutto sulle sue spalle, devono partire, bisogna alzarsi, non sa da dove cominciare, le fa male la pancia. Era così snella quando si è sposata, quasi minuta; ogni volta che provava l'abito, la sarta continuava a dirle, adesso devi smettere di dimagrire, devi smettere, le misure non coincidono più. Se solo avesse saputo, come le sarebbe toccato diventare. L'abito è lì, dietro l'anta dell'armadio, dovrebbe buttarlo via, e anche le lettere, perché conservare quelle reliquie. Lui ha fatto il militare in Marocco, a Casablanca, le è rimasto ancora in mente l'indirizzo della caserma. Era il giardiniere del colonnello, e un po' anche l'autista, guidava l'automobile, una Citroën Traction, la si può vedere nelle foto. Ne andava orgoglioso, glielo aveva scritto; pur non essendo il suo autista ufficiale, il colonnello si fidava di lui. Si occupava anche del cane del colonnello, un cagnone nero e riccio, alto sulle zampe, che sembrava essere appena uscito dalla tolettatura e non somigliava per nulla ai cani da gregge di quassù. In molte foto lui è in posa con questo cane che si chiamava Popof, il nome faceva tanto ridere le sue sorelle, si ricorda. Il fratello maggiore non ha fatto il militare, e lui non è andato in Algeria come gli altri ragazzi della sua età, Marcel, René, Michel, François, Louis, Paul. Le tornano alla memoria i nomi, e alcuni volti, soprattutto quello di Paul che è stato ucciso laggiù. Le date sono sulla tomba, la prima subito a sinistra entrando al cimitero, lei le rilegge ogni anno, nel giorno di Ognissanti; «22 APRILE 1937 – 21 NOVEMBRE 1958». La famiglia ci ha messo una foto, come si usa fare adesso, una piccola foto ovale dove Paul porta dei baffi sottili che lo invecchiano. Paul non avrebbe mai avuto trent'anni. In Marocco non è morto nessuno. Ha già pensato e ripensato a come sarebbe stata la sua vita se lui, Pierre, fosse andato in Algeria come gli altri e non fosse tornato. La sua vita sarebbe stata migliore, normale, non questa vita dannata, sempre con la paura in corpo.

Il gallo canta nel cortile. Félix apre la porta del pollaio prima di scendere alla stalla, in questa stagione le galline escono presto, non appena fa giorno. La terra è verde, l'erba cresce, tutto è talmente giovane che, soprattutto al mattino, e ancor di più la domenica, le dà una specie di capogiro, un senso di vertigine. Fa fatica a trovare le parole. È come se tutti fossero invitati a una festa, tranne lei che rimane in disparte, con i figli piccoli avvinghiati alle gambe, tutti e tre. Ha sempre desiderato avere figli. I bambini sono tutta la sua vita, ma non resteranno piccoli, stanno già crescendo. Lui dice che quando le bambine saranno grandi resteranno con lui perché avrà i soldi per comprare loro dei vestiti. Adesso è ora di alzarsi, si infila sulla camicia da notte la blusa della sera prima che è rimasta in fondo al letto, ne aspira l'odore caldo, non è un buon odore, lui ha ragione, puzza. In cucina fa i suoi gesti, accendere il gas sotto il bollitore, tagliare le fette di pane e di formaggio, mettere il pane ad ammollare per la zuppa. Il formaggio le dà la nausea, non ne mangia mai, lui si rifiuta di capirlo e glielo rinfaccia; dice che lei fa un sacco di lagne, forse è stata educata come una principessa, ma si sa da dove viene fuori, non c'è bisogno di darsi tante arie. Beve il suo caffè, senza zucchero, in piedi davanti alla finestra dell'acquaio. Al mattino non mangia, evita le fette di pane con il burro e la marmellata ma ingrassa anche senza mangiare, tutto il suo corpo è diventato flaccido, mentre quello di lui rimane asciutto, magro e tonico. Lui non è mai stanco. Gli uomini sono fortunati, hanno meno noie delle donne con il corpo. È nuda davanti all'acquaio, per forza, deve lavarsi; cerca di fare in fretta, passa il guanto sotto le braccia, tra i seni, tra le cosce, strofina forte, risciacqua, non si asciuga. Lo specchio rettangolare che lui usa per radersi è rimasto appeso alla maniglia della finestra, vi si riflettono una parte dei seni, le pieghe della pancia, è un ammasso di carne, pensa alla parola mammella, non può farne a meno; sono le parole che dice lui. Non ha allattato i bambini, nessuno dei tre, la montata lattea non arrivava, aveva degli ascessi. Per fortuna prendevano volentieri il biberon. Quanto al mangiare, non sono stati bambini difficili.

Si vestirà più tardi, raccoglierà quel po' po' di roba nella guaina che strizza forte e tiene insieme tutto. In camicia da notte, con la blusa infilata sopra, esce in cortile per gettare dietro il muro del giardino il mazzetto di margherite che le bambine hanno raccolto con Nicole mentre cercavano il tarassaco per i conigli. Erano appassite già da diversi giorni, ma lei le aveva dimenticate sul tavolo del corridoio e ha sentito l'odore dell'acqua imputridita uscendo dalla camera da letto. Non può guardare le margherite, che in questa stagione esplodono dappertutto ai bordi delle strade e dei sentieri, senza pensare alla filastrocca della sua infanzia che cantavano tra bambine, *m'ama non m'ama, per nulla, un po', molto, alla follia, con passione*, e ridevano più forte con il cuore in gola quando arrivavano all'ultimo petalo; *per nulla, un po', molto, alla follia, con passione*; lei preferiva cascare su *alla follia*, e prendeva in giro la sua migliore amica, Thérèse, che era sfortunata e si ritrovava sempre su *per nulla*, o *un po'*. Thérèse è sposata, ha due figli, è andata a vivere alla periferia di Lione con il marito, che non ha voluto stabilirsi alla fattoria con i suoceri; pare che Thérèse lavori in un ufficio. Lei lo viene a sapere dalla madre e dalle sorelle, quello che fanno gli altri, chi è sposato con chi, chi ha figli e quanti, maschi o femmine. Molti non ci sono più, hanno lasciato le fattorie. Loro non si vedono con nessuno; quando vanno giù la domenica, a Fridières o a Soulages, stanno in casa con le famiglie. Incrociano qualche conoscente solo al cimitero, il giorno di Ognissanti o ai funerali. Non c'è tempo per parlare, ci si bacia sulle guance per salutarsi, ci si trova cambiati. Non le va che Thérèse e Simone, una cugina un po' più giovane che le seguiva ovunque, vedano com'è diventata adesso. Sarebbe voluta passare dal parrucchiere, ma costa caro e lui urla sempre per via dei soldi; è stanca di chiedere, di elemosinare; cerca di mettere da parte qualcosina facendo la cresta sui soldi della spesa che lui le lascia ogni mercoledì. Lui non entra mai nelle camere dei bambini e lei ha un nascondiglio sotto il materasso del lettino di Gilles. Il mercoledì, quando lui torna dal mercato di Égliseneuve dove ha venduto il formaggio, lascia il ricavato della settimana sul bordo della credenza. Porta a casa molti soldi, e lo dice. Si vede che è contento. Claire va a prendere dall'armadio il cofanetto grigio che il padre usava già a Soulages; glielo posa accanto sul tavolo della cucina, lui lo apre, l'interno è rosso, comincia a sistemare le banconote, una per una, lentamente, prendendosi il suo tempo. Poi, prima della siesta, va in camera e rimette il cofanetto nell'armadio, dalla sua parte, a sinistra della pila di fazzoletti. C'è anche il libretto di famiglia lì dentro, in fondo, sotto le banconote.

Isabelle e Claire sono già sveglie quando lei entra nella stanza. Al mattino non scendono in cucina da sole, aspettano a letto che la madre o Nicole vadano a prenderle. Lei sa che le bambine preferivano Annie, che non portava gli occhiali, profumava di sapone rosa quando si chinava su di loro, teneva i capelli lunghi legati in cima alla testa con un fermaglio blu, a coda di cavallo. Il nome di questa acconciatura non le piace, ma aveva lasciato che Annie mostrasse a Isabelle e Claire come raccogliere i capelli in modo che fossero ben distribuiti sulla testa, lisci e tesi. Annie sapeva fare anche le trecce, e i codini, come le zie di Fridières, ma le trecce e i codini non sono acconciature adatte per lavorare in una casa, e non c'era stato bisogno di dirglielo. Per il matrimonio della sorella maggiore, Annie si era fatta uno chignon; aveva raccontato a lei e alle bambine della cerimonia e poi una volta, alla fine di agosto dell'anno scorso, aveva portato le foto. Avevano passato un momento piacevole, tutte e quattro, a guardare gli abiti; era un mercoledì mattina, lui era appena uscito per andare al mercato e loro erano tranquille, potevano prendersela comoda. Annie spiegava chi era chi, e mostrava con il dito il fidanzato, un giovanotto alto e magro, i genitori, il fratello. Gilles era nella sua cameretta, la mattina restava sempre a dormire ancora un po'. Claire aveva quattro anni e batteva le mani. Isabelle, che aveva stentato a riconoscere Annie nelle foto, soprattutto per via dei guanti bianchi e delle scarpe con il tacco, continuava a dire che era una vera principessa, una vera principessa. La settimana dopo, Annie aveva portato i guanti bianchi per mostrarli alle bambine, che avevano avuto il permesso di provarli.

Lei avrebbe potuto essere gelosa di Annie per il fatto che le bambine la adoravano, e anche perché quella ragazza aveva tutto ciò che serviva per far impazzire un uomo. Ma lui Annie non l'aveva nemmeno guardata, non si capiva bene perché, forse perché Annie aveva oltre dieci anni di meno e sapeva come comportarsi, lo si vedeva benissimo, non c'era molto da spiegare, e lui doveva averlo percepito. Annie era tutto il contrario di quella donna bruna in costume da bagno o in prendisole scollato sempre appiccicata a lui nelle foto del Marocco.

Deve pettinare le bambine. Isabelle se la sbriga da sola con i capelli ricci che ha, non vuole farseli toccare nemmeno da sua madre, si pettina con le dita e non le piace quando le persone le fanno i complimenti, come succede a volte alla bottega di alimentari del borgo, al panificio o all'uscita della messa. Si stupiscono, soprattutto le donne, e dicono, oh, che bella pecorella, credendo di farle piacere. Isabelle non dice nulla, ma si gira dall'altra parte sporgendo il mento in fuori, e alla fattoria, in primavera o in estate, se si trova nel cortile quando arriva qualcuno all'improvviso, non appena sente i cani abbaiare si arrampica sull'acero e aspetta che il cortile sia vuoto e che la via sia libera prima di tornare giù. Claire ha dei boccoli che vanno districati, prima con la spazzola e poi con il pettine, per farli venire belli; non è una faccenda da poco, richiede una quantità di tempo spropositata e una pazienza che lei non ha, non ha più, tantomeno in una mattinata come questa, in cui non ci sarà un minuto di respiro prima che possa sedersi in macchina, finalmente, alle dieci e mezzo in punto. Lui andrà a tutto gas, anche se non saranno in ritardo. Gli piace pigiare sull'acceleratore, a paletta, usa sempre questa espressione, ma lei è convinta che gli piaccia soprattutto sentire la sua paura, lei ha paura ma non osa dirlo, non osa chiedergli di darsi una calmata perché dietro ci sono i bambini, non c'è solo lui in macchina, ed è una follia tagliare le curve in quel modo, e andrà a finire male, per forza, andrà a finire male, si può immaginare come; sembra che lui se la cerchi, che lo faccia apposta; e per di più distruggerà la Ami 6; proprio un bel guadagno. Lei non guida mai con lui accanto, ma le piace andare in paese per la messa o a fare la spesa, da sola o con i bambini se non può lasciarli a casa. Da queste parti, le altre mogli di contadini ancora non guidano, e lei si sente orgogliosa. Ha anche già pensato, una volta in cui lui non smetteva più di picchiarla, ancora peggio del solito, sulla pancia, sulle gambe, sulla schiena, un fracco di botte, o una bella ripassata, come gli piace dire, lei era per terra, raggomitolata, ha già pensato, quando lui se n'è andato, quando lei è riuscita a rialzarsi, che avrebbe dovuto svegliare i bambini, subito, all'istante, ficcarli in macchina, tutti e tre, prendere le chiavi dal cassetto della credenza e tagliare la corda immediatamente, nel cuore della notte, e non tornare mai più.

Lui non beve. Qualche pregio dovrà pur averlo. Nella sua famiglia non bevono, tranne il nonno paterno, che era un brav'uomo e forse alzava un po' il gomito, ma restava nei limiti, e sempre senza uscire di casa. L'alcol, come le ha sempre detto sua madre, è peggio di tutto, è la rovina assicurata, sconquassa la gente e addio, con un ubriacone non c'è speranza. È riuscita a districare alla meglio i capelli di Claire, e più tardi, al momento di vestirla per partire, le metterà il cerchietto bianco in tinta con la giacchina. I bambini faranno colazione in pigiama, tutti e tre, per non sporcare i vestiti puliti. I boccoli di Claire sfuggono sempre un po' dal cerchietto, ma va bene lo stesso, la fronte rimane abbastanza libera e i capelli non le cadono sugli occhi. Hanno tutti e tre la stessa fronte, i bambini, soprattutto le due femmine, una fronte alta e bombata che hanno preso da lei, dalla famiglia di sua madre. Gilles, dei tre, è quello che le assomiglia di più, lo dicono tutti. È andata a prenderlo nella sua cameretta, lo ha trovato seduto sul letto, lui ha allungato le braccia e lei lo ha stretto a sé, lo ha tenuto così per un po'. Gilles è ancora suo, le nasconde il naso nel collo, e aspetta. Non parlano. Lei si siede sulla seggiolina da balia, gli infila le pantofole, lui la lascia fare, ha i piedi caldi e morbidi, escono insieme dalla stanza. Lo tiene per mano, attraversano il corridoio ed entrano in cucina, dove i tre uomini mangiano a un capo del tavolo, Isabelle e Claire all'altro. Prima di andare a prendere Gilles, ha preparato la colazione per le bambine che ormai sanno dove andare a sedersi, ha versato la cioccolata calda nelle ciotole, Isabelle ha imburrato le fette di pane. Il nuovo vaccaro parla, dice che Combes figlio, a Marmiers, ha avuto un incidente con il trattore, si è ribaltato su una scarpata, è rimasto incastrato sotto la ruota posteriore e non sono riusciti a tirarlo fuori in tempo. Il vaccaro andrà al funerale che sarà celebrato in settimana, non si sa ancora quando, Combes figlio era suo coetaneo e gestiva la fattoria con i genitori. Lei non sa bene da che parte del comune si trovi la frazione di Marmiers, ma ha presente quella donna, la signora Combes, rossa di capelli, e le tre figlie, tre ragazzone di quindici o sedici anni rosse come lei; in chiesa si fanno notare. Pensa che è una vera disgrazia, che lei non riuscirebbe a sopportare la morte di un figlio. Tutto ma non questo. Parla anche lui, dice che d'ora in avanti ne vedranno più d'uno, di incidenti con i trattori, la gente non li sa guidare e questo è solo l'inizio. Félix non dice niente.

Sono in macchina. L'odore mentolato del dopobarba le dà la nausea. Ha un grosso livido sul polpaccio sinistro, gli altri sono nascosti sotto la gonna che le stringe la pancia. Controlla di non aver dimenticato il pettine e la piccola trousse per il trucco. Userà lo specchietto tondo del portacipria per sistemarsi i capelli e darsi un po' di rossetto sulle labbra. Lo farà più tardi, quando usciranno dall'altra parte del tunnel del Lioran; da lì la strada ha meno curve ed è più facile guardarsi allo specchio. Lui parla, dice che i Combes di Marmiers, quelli il cui figlio è morto nell'incidente del trattore, si sono messi anche loro a fare il formaggio, il Saint-Nectaire, hanno iniziato questa primavera. Bisognerà che lei vada al funerale, qualcuno della famiglia ci deve essere. Gli è capitato di incrociare Combes padre due o tre volte al mercato di Égliseneuve, se lo ricorda, è un omino robusto sulla quarantina abbondante, e anche Combes conosce lui. Il mercoledì viene al mercato con la figlia, una ragazzetta rossastra di capelli e bella sveglia, che lo aiuta a scaricare i formaggi. Lei risponde che i Combes hanno almeno tre figlie, le ha già viste a messa con la madre. Sente la propria voce ma la riconosce a malapena, come se non fosse sua, come se stesse recitando una parte. La loro vita avrebbe potuto essere normale, avrebbero potuto avere una conversazione normale. Lui è così; spesso, dopo i momenti peggiori, anche solo due ore più tardi, la sera stessa o l'indomani mattina, sembrerebbe che non sia successo nulla, che si sia dimenticato di tutto, come se una cosa del genere fosse impensabile, e le domanda se ha intenzione di tenere il muso ancora per molto. Sembra quasi stupito che lei non gli risponda. Le è arrivato il ciclo; per fortuna se n'è accorta prima di partire e si è potuta portare dietro il necessario per il viaggio. Non osa immaginare quello che succederebbe se sporcasse il sedile dell'Ami 6. Una volta Claire, che soffre di mal di macchina, ha vomitato sul sedile posteriore, lui non si era fermato in tempo e Claire non era riuscita a trattenersi, ce n'era dappertutto, e lei aveva visto arrivare il momento della furia, delle botte. Claire aveva cominciato a piangere, Gilles anche, Isabelle guardava la scena e le tremava il mento. Erano piantati lì sul ciglio della strada, le macchine passavano, rallentavano. Lei aveva sentito di non poter fare nulla per i suoi figli.

Conosce ogni curva, anche se non ha ancora mai guidato da sola fino a Aurillac. Non guarda più quello che vede, le case, i fienili, le stalle, il fieno già alto nei prati, le mucche, mucche a perdita d'occhio, e ovunque fiori di cui non sa il nome o margherite smaglianti. Si sente estranea alla gioia della primavera; se ne ricorda ancora, non è passato molto tempo, 1957, 1958, appena dieci anni, ma lei è come spaccata in due. Si sono sposati un 30 dicembre, e spesso le capita di pensare che con quel matrimonio è entrata in una sorta di inverno che non avrà mai fine. Ha sempre visto mucche, prati e fattorie, è il suo mondo e non ne ha mai sognato un altro. Forse lui avrebbe potuto vivere altrove; avrebbe potuto rimanere in Marocco dopo il servizio di leva, con la donna delle foto, trovare un posto nell'esercito, farsi una vita laggiù, in riva al mare, in costume da bagno. Lei sa che aveva imparato a nuotare. Le sue lettere non dicevano granché, ma era chiaro che si godeva il posto con i suoi compagni di reggimento, anche se faceva troppo caldo. Si lamentava solo di questo, del caldo, un caldo che non si poteva nemmeno immaginare vivendo nel Cantal. Gli mancava anche la cucina di sua madre, il bollito di manzo, il pâté di patate e più di tutto le crostate, le crostate della domenica. Scriveva che nessuno avrebbe mai fatto la crostata di prugne come sua madre. In ventisette mesi, non era tornato in licenza neppure una volta, diceva che era troppo lontano, che il viaggio sarebbe stato troppo lungo. Lei aveva trovato una spiegazione migliore quando tra le sue cose aveva scoperto le foto della donna appiccicata a lui. Aveva preso certe abitudini con una donna come quella, che aveva l'aria di essere un po' più vecchia di lui. Qualche sospetto le sarebbe dovuto venire. Ma era ingenua, leggeva fotoromanzi dove alla fine tutto si aggiusta. Si annoiava un po', aspettando, come le altre ragazze della sua età, che il fidanzato finisse la leva. La vita a Fridières scorreva senza intoppi, con i genitori, le sorelle e le due nonne, che erano buone e care ma dovevano essere accudite perché non c'erano più tanto con la testa. Il padre era tornato dalla prigionia con un male allo stomaco, e già di suo non era molto robusto. Si lavorava, si faceva quello che andava fatto, ognuno al proprio posto.

I frassini hanno finalmente messo le foglie. Su queste terre, a mille metri di altitudine, tutto è così tardivo, ma quando la stagione parte davvero, a fine maggio, primi di giugno, è un'esplosione, come per recuperare il tempo perso. Si lega l'orologio al polso, è l'orologio dei suoi vent'anni e ci tiene molto. Nella sua famiglia non si fanno grandi feste per i compleanni, ma per i vent'anni delle ragazze si regala un orologio. Lo lascia nella tasca interna della borsetta e lo indossa solo quando va a messa o quando scendono a trovare le famiglie; in questo modo è sicura di non rovinarlo e di non dimenticarlo; sua madre, che ha ancora il proprio, lo noterebbe subito. È un bell'orologio, discreto e femminile. Anche il suo polso si è ingrossato, le riesce a malapena di chiudere il cinturino. Lui parla, lei gli risponde. I bambini sono silenziosi, forse oggi non avranno il mal di macchina. Non ci sarà bisogno di fermarsi. Sono passate da poco le undici, pensa all'uscita della messa. Quando se ne sente il coraggio, ora che Gilles è abbastanza grande, scende per la messa a Saint-Saturnin. In chiesa, i bambini stanno seduti composti, Gilles e Claire alla sua destra, Isabelle alla sua sinistra. Le piace questo momento, vede la gente e la gente vede lei. Arriva e riparte al volante della sua macchina. Tutti sanno chi è. Non prega per davvero, non prega più, recita le formule della messa e fa i gesti. Comincia a conoscere un po' di persone, il musicista che suona l'armonium, le signore che cantano, la segretaria del municipio o la signora Cornet che gestisce la mensa e le dice che Isabelle ha un buon appetito, mangia tutto e salta come una capretta nel cortile della scuola, fa piacere guardarla. Si sente orgogliosa quando la signora Cornet le parla di Isabelle, che il prossimo autunno avrà sette anni e inizierà il catechismo. Lui non le impedisce di andare a messa in macchina con i tre bambini; dice che bisogna farsi vedere per ambientarsi in questo posto e lei sa che ha ragione. Potrebbero avere una bella vita, in quella fattoria, se le cose non fossero come sono, le cose che la gente non sa e non deve sapere. A lei non riesce di fingere che quelle cose non esistano. Non sa perché e non cerca di capirlo, ma la domenica mattina, quando vanno giù in macchina, rumina sulla sua vita, sugli ultimi sette anni, a partire dal giorno del matrimonio. È pesante come una vacca, una vecchia vacca stanca, suo padre direbbe stracca, una vacca stracca; rumina e aspetta.

Hanno appena attraversato il tunnel del Lioran. Si passa il rossetto sulle labbra ma rinuncia a darsi una pettinata. Ha il voltastomaco, scombussolata com'è dal miscuglio di odori, il dopobarba e i due Saint-Nectaire che sono nel bagagliaio. Il formaggio non lo può sentire neppure da lontano e Gilles è come lei, lo detesta. Sua suocera non è riuscita a fargliene mandar giù nemmeno un pezzettino, l'ultima volta che sono andati a Soulages, a fine aprile, e ne ha tratto la conclusione che Gilles è un bambino un po' troppo schifiltoso, un impiastro, per essere figlio e nipote di contadini; forse bisognerebbe coccolarlo un po' meno, se si vuole che diventi un uomo capace di tenere una fattoria, più avanti. Lei non ha risposto, perché non era a casa propria e non è mai stata a suo agio con la suocera, ma ha avuto la sensazione che quella frase non fosse caduta nel vuoto. Fattrice di poveri diavoli; lui glielo ha già urlato diverse volte; all'inizio lei non capiva, ma poi ha ripensato alle parole della suocera. Non sa come si possano concepire, e dire, e vomitare cose del genere, così crude, così feroci. Fattrice di un povero diavolo, un bambino di quattro anni, il proprio figlio; gira e rigira le parole, che fanno danni quanto le botte, forse anche di più, perché non la mollano e le piombano addosso quando meno se lo aspetta, quando potrebbe essere tutto sommato tranquilla e pensare ad altro, ad esempio durante la messa o quando fa la spesa alla bottega di alimentari. La droghiera, la signora Flagel, è una spilungona che le ricorda un po' sua madre, le piace; sa con chi ha a che fare e si rifiuta di vendere vino agli ubriaconi del posto. Quando, due o tre settimane fa, la signora Flagel ha detto in sua presenza di non voler mangiare di quel pane lì, e di poter ancora permettersi di non lucrare sulla miseria dei poveri diavoli, lei ha sentito una fitta allo stomaco e ha pensato a suo figlio, a Gilles, quattro anni.

Sono quasi a Fridières. Riconosce i posti di quando erano giovani, e anche lui li riconosce. In quel locale, laggiù, lui ci andava a ballare, in gruppo, con gli altri ragazzi del paese, a piedi, in bicicletta o in macchina, la prima macchina del circondario, la Juvaquatre del padre guidata dal fratello. Poco oltre, gli era capitato un incidente, con una Due cavalli, subito prima di partire per il militare, erano già fidanzati, ma se l'era cavata senza un graffio, si era solo rotto gli occhiali. Continua a commentare, fa i paragoni con la valle della Santoire, lassù nelle terre alte dove hanno comprato la fattoria. Qui la stagione è più avanti, come sempre. Il fieno è quasi pronto, i giardini sono bellissimi. Entrambi sanno chi sono i proprietari delle case, dei terreni e degli animali. È da poco passato mezzogiorno quando attraversano il borgo; non si fermano, lei preferisce di no, non ha voglia di incontrare gente, di parlare. Adesso ha fretta di arrivare; vede che Claire non ha un bell'aspetto, che stringe i denti. Imboccano la stradina di La Merly, la madre di lui ci è nata e ha ancora qualche pascolo scosceso sperduto in mezzo ai boschi. Lei chiude gli occhi. Pensa alla prima volta in cui lui si è davvero scatenato, quindici giorni esatti dopo il matrimonio, nella notte tra il sabato e la domenica. Lei è scappata, se l'è filata, passando dal corridoio ha preso al volo un paio di stivali e un vecchio cappotto della suocera ed è uscita dalla porta sul retro. Lui non l'ha seguita. Nessuno si è mosso in casa. Ha corso lungo la stradina di La Merly, aveva male dappertutto, si è precipitata nel bosco, si è raggomitolata ai piedi di un albero, non sentiva il freddo. Ricorda tutto. Non sarebbe dovuta tornare. Avrebbe dovuto continuare fino a casa dei suoi, così come si trovava, in quello stato, con gli stivali ai piedi e senza niente sotto il cappotto sdrucito; i suoi non l'avrebbero lasciata fuori, avrebbero saputo cosa fare. Non ci aveva nemmeno pensato. Ci ha rimuginato sopra centinaia e migliaia di volte, in tutti questi anni. Non sa perché è tornata. Non capisce se stessa.

Sono arrivati. Le sorelle aspettavano di veder comparire la macchina, hanno aperto le portiere e hanno agguantato i bambini. Isabelle salta fuori. Le sorelle sono allegre, sono giovani e profumano. Come ogni volta, trova che suo padre abbia un'aria stanca, ma sembra contento. Sa che è in pensiero per lei, da quando si sono trasferiti lassù, così lontano. Gilles passa di braccia in braccia, ride. Isabelle è già in casa, va e viene. Claire resta un po' in disparte, è sempre stordita quando scende dalla macchina, ma non ha vomitato. La madre si fa avanti e reclama Gilles, glielo danno, lei lo stringe a sé e lo rimette giù; Gilles scappa e corre verso il nonno. Ora che le due nonne sono morte, sua madre ha meno lavoro in casa, anche perché può contare su un bell'aiuto; le ragazze sono ancora lì con loro, non per molto, però, e bisogna approfittarne, bisogna battere il ferro finché è caldo; sua madre usa questa espressione. Si è lanciata nell'allevamento del pollame, una cosa in grande, non solo galline e anatre, ma anche faraone, tacchini e forse, più in là, oche. I futuri generi, i fidanzati delle figlie, hanno dato una mano al papà, è così che chiama il marito da sempre, per consolidare e ingrandire il vecchio pollaio. Sua madre la prende sottobraccio, le mostrerà dopo pranzo che bel lavoro hanno fatto. Parla e parla; era già da un po' che aveva questa idea in testa, e alla fine ha fatto il grande passo. Aveva sentito dire che il miglior pollivendolo di Aurillac cercava merce di ottima qualità, la clientela non gli manca, hanno sempre più soldi da spendere, quelli di città. Si sono accordati e lei ha avuto un contratto. La tavola è già apparecchiata nella piccola sala da pranzo, dove staranno tutti più comodi che in cucina. Undici persone, compresi i bambini, sono una bella infornata di gente. I fidanzati delle sorelle arriveranno presto, non sono contadini, lavorano a Aurillac, in una fabbrica e in un negozio. Lei li ha già visti un paio di volte e loro due si conoscono bene, vengono dallo stesso paesello a quindici chilometri da lì, dove le sorelle andranno ad abitare una volta sposate. Si rende conto che ogni volta fa un po' più fatica a tenersi aggiornata e a raccapezzarsi; la vita cambia e Fridières non è più il borghetto che conosceva.

Lui è seduto all'altro capo della stanza, dal lato degli uomini, relegato tra i fidanzati e il suocero. Non dice nulla e spilluzzica bocconcini di terrina schiacciandoli con la punta del coltello su una fetta di pane. Ne fa una specie di crostino, a lei non piacciono quelle maniere a tavola. La terrina di maiale è una meraviglia, sua madre le ha dato la ricetta, quella che fa lei è quasi all'altezza, ma ancora le manca qualcosa. Alla madre piace cucinare, nutrire, deliziare la gente, e le ha insegnato tutto prima che lei si sposasse. Ripeteva sempre che una donna governa la casa con la tavola e il marito con la pancia. Adesso quella frase le mette vergogna, e ogni volta che ci pensa scuote la testa per cacciarla via, come l'asino Jacquot quando le mosche gli si posano sul bordo delle palpebre e gli succhiano gli occhi. Non sopporta nemmeno la parola divorziata o l'idea di vendere la fattoria. Divorziare e vendere la fattoria sono la stessa cosa. È seduta a tavola nella sala da pranzo, in santa pace, dai suoi genitori; le sorelle e la madre si occupano di tutto, anche dei bambini, ogni volta è così, almeno all'inizio del pranzo, lei si lascia andare, divaga con la mente, e pensa a quelle parole impossibili che vanno sempre di pari passo, divorziare e vendere la fattoria. Divorziare, come la

Marissou; diventare una Marissou; e i suoi figli, tutti e tre, dei figli di Marissou; passi ancora per le ragazze, le ragazze finiscono sempre per sposarsi; adesso, poi, sono sempre di più quelle che riescono a farsi una posizione, se vanno bene a scuola; ma Gilles. Si vede finire con lui in una casa diroccata. La madre e le sorelle non possono immaginare a cosa stia pensando, e nemmeno il padre, che si china verso il nipotino seduto accanto e gli parla all'orecchio. Ha un debole per Gilles, lo sanno tutti, forse perché è l'unico maschio in quella famiglia tutta di donne. A lei è già balenata l'idea che Gilles potrebbe ricordargli André, di cui nessuno parla e che è nato in quella casa, ci ha vissuto e probabilmente ci è morto. Tutto ma non questo. Si scuote, si alza e raggiunge la madre ai fornelli. Il *coq au vin* è pronto, la salsa è perfetta, sua madre l'ha assaggiata, ha un'aria trionfante.

Sua madre non invecchia, ha cinquantatré anni ma ne dimostra dieci di meno. Visto com'è ridotta lei, a trent'anni, potrebbero quasi essere scambiate per due sorelle o due cugine, ma l'occasione non capita perché non vanno mai in nessun posto, tutt'e due insieme. È arrivata al punto di aver paura dei matrimoni delle sorelle, le date non sono ancora state fissate, ma sarà certamente per l'anno prossimo, a maggio, giugno o settembre, nel periodo giusto per i matrimoni; rivedranno tutta la famiglia, le zie, gli zii, i cugini di entrambe le parti, saranno in tanti, faranno i confronti, come sempre. Lui prende un'altra porzione di *coq au vin*, tutti si servono di nuovo, compresi i fidanzati, che sono delle buone forchette. Lo vede mettere da parte un po' di salsa nel piatto per poi mescolarla all'insalata e al formaggio, è un'altra delle sue manie, lei le conosce bene. È seduta con le spalle alla finestra che si affaccia sul prato lungo il ruscello, il Résonnet, al di qua di altri prati e dei fabbricati di Soulages, proprio lì di fronte, la casa, le due stalle, i fienili. Seguendo il sentiero che attraversa il ruscello, ci si arriva subito, a Soulages, in meno di un quarto d'ora; lui non cammina mai, ci andrà da solo, in macchina, prima del dessert. Arriverà dai suoi al momento del caffè e della crostata di prugne. Quando il tempo è bello, come oggi, lei può passare il pomeriggio a Fridières, starsene lì tranquilla con i bambini e salire a Soulages solo verso le cinque per la merenda. Verranno anche le sorelle, li accompagneranno per il sentiero bordato di frassini e noccioli, Gilles non ne vorrà sapere di lasciare il suo nonnino e dovrà essere portato in braccio perché non pianga. Hanno sempre detto salire a Soulages o, in senso inverso, scendere a Fridières, anche se il sentiero è quasi in piano. A Soulages, le sorelle salutano in fretta e furia e tornano via subito, le due famiglie si conoscono fin troppo e non si frequentano. A lei non piace il momento in cui le sorelle se ne vanno; le tremano le gambe quando entra in quella casa di Soulages dove ha solo brutti ricordi.

Lui è appena uscito. Le bambine fanno gazzarra in cortile, le chiameranno per il dessert; Gilles è sulle ginocchia del nonno, riverso all'indietro, si direbbe che stia dormendo, ma fa dondolare i piedi, come per cullarsi. Se la prendono comoda, non sono ancora le due, il caffè è pronto sul fornello. Le sorelle hanno portato i piatti da dessert che lei conosce da sempre. Vengono dalla famiglia della madre e sono decorati con le immagini delle favole di La Fontaine, il corvo e la volpe, la lepre e la tartaruga, la lattaia e la brocca del latte, il lupo e l'agnello. «LA RAGIONE DEL PIÙ FORTE È SEMPRE LA MIGLIORE. LO MOSTREREMO PIÙ TARDI». Prende le tazze dal fondo della credenza, è sempre lei a servire il caffè, in quelle vecchie tazze svasate e quasi trasparenti ormai passate di moda. È il momento più bello, lei ridiventa la figlia maggiore della famiglia;

sa che il padre ci mette due zollette di zucchero, un vero e proprio sciroppo, e che la madre non ne beve più, nemmeno la mattina, perché non le fa bene. Sente le sorelle e i fidanzati, stavolta si è ricordata i loro nomi, Jacques e Francis, che ridono in cortile con Isabelle e Claire. Il padre dice che c'è tanto da lavorare, con tutti quei polli, ma che sua madre ha fatto bene a lanciarsi. Ripete, tua madre ha un bel fiuto, non glielo dico chiaro e tondo, ma la conosci anche tu, sa quello che fa. L'*île flottante* e il pan brioche troneggiano sulla tavola. Le ragazze non hanno mangiato granché, ma sono ghiottissime di dolci e ne chiedono ancora. Gilles pilucca nel piattino del nonno, quello con il corvo e la volpe. La madre le chiede se si ricorda dei due figli della Marissou, che da piccoli facevano a botte con tutti; sì, sì, se li ricorda; adesso abitano a Aurillac, assunti dal pollivendolo che le compra la merce, hanno buone maniere, dovresti vedere come ci sanno fare con i clienti. Più tardi le donne cominciano a rigovernare, anche le bambine, che si occupano dei cucchiai e delle forchette; la madre è all'acquaio, le sorelle asciugano e lei ripone i bicchieri, i piatti e le tazze nella credenza della sala da pranzo, i fidanzati tolgono le prolunghe del tavolo e rimettono tutto a posto seguendo le istruzioni delle ragazze; tra poco se ne andranno a Saint-Cernin, a tifare per la squadra di calcio di prima categoria, loro giocano nella seconda ma oggi non hanno partite; le sue sorelle li raggiungeranno nel tardo pomeriggio, dopo aver lasciato a Soulages lei e i bambini. È una domenica come tante, nella vita normale di persone normali che non campano con la dannata paura sempre addosso. Queste parole le salgono alla gola, esattamente in quest'ordine. Pensa anche ai due figli della Marissou. Si appoggia alla credenza, si sente rivoltare lo stomaco, le gira la testa, ma quando la madre entra in sala da pranzo, lei comincia a parlare; parla; non per molto, perché racconta subito il peggio, senza piangere, mostra anche i lividi, i segni sotto la gonna; dice che lassù può succedere qualunque cosa, i bambini hanno paura e lei ha paura per loro, ormai stanno crescendo e capiscono tutto, vedono tutto. La madre ha chiuso la porta ed è rimasta in piedi; sono sole nella sala da pranzo. Lei dice che è finita, che non tornerà in quella fattoria, mai più.

Domenica 19 maggio 1974

Lui spegne la televisione. Félix è salito a coricarsi verso le nove, come al solito, mentre lui è rimasto in piedi per seguire la diretta elettorale fino all'ultimo. Il presidente eletto è Giscard d'Estaing, meglio dell'altro, il socialista, ma lui avrebbe preferito Pompidou; almeno era uno di queste parti, di Montboudif, mentre Mitterrand, o Giscard, anche se fa finta di suonare la fisarmonica, non possono neppure immaginare che esistano ancora, in Francia, dei contadini come lui che sentono crescere l'erba a mille metri di altitudine nella valle della Santoire, e che sanno di essere gli ultimi. Scuote la testa; se si mette a pensare a queste cose, al futuro dell'agricoltura, la nottata va a farsi benedire, nonostante il bisbiglio della radio che ormai si è abituato a lasciare sempre accesa, da sette anni, da quando dorme solo. Quasi sette anni, era stato a giugno, l'11, subito dopo la guerra dei Sei Giorni, non sa perché si ricorda di questa guerra tra arabi ed ebrei, ma è così. Riguardo alla fattoria ricorda tutto, l'inizio e la fine di ogni prestito, la cifra mensile da pagare, le date di acquisto del trattore, della falciatrice, della rotoimballatrice, della televisione, della lavatrice, le date dei lavori alla stalla, tutto tutto tutto. Dal 7 marzo 1963, il giorno in cui hanno firmato l'atto dal notaio, le date gli sono rimaste in testa, non ha bisogno di controllarle sui calendari del Crédit Agricole conservati nel mobile della televisione. Deve smetterla anche con le date, altrimenti non riuscirà a dormire. Gli viene in mente, a letto, che Pompidou è morto della stessa malattia della zia Jeanne, un cancro ai polmoni, all'incirca a un anno di distanza, e alla stessa età, dato che la zia Jeanne era di un anno più vecchia di Pompidou. La sera pensa spesso alla zia Jeanne. Lei ci vedeva lungo e chiaro, gli manca. Le avrebbe fatto piacere sapere che le bambine vanno così bene a scuola, tutt'e due, e che sono già alle medie, in terza e in prima; fa fatica a ricordarsi in che classe sono, allora se lo scrive sul calendario dell'anno in corso, nel margine. Le bambine sono avanti, Gilles è ancora alle elementari, non sa bene in quale classe. L'anno scorso, per il funerale della zia Jeanne, giovedì 27 settembre, Claire aveva letto un lungo testo, davanti a tutti, nella chiesa piena di gente, era stata una gran bella cerimonia organizzata dal prete che veniva spesso a mangiare a Soulages. Lui aveva dovuto lottare per non piangere, a sentire la voce di sua figlia che leggeva così bene, meglio del prete, senza perdersi d'animo davanti a tutta quella gente pur avendo soltanto undici anni ed essendo appena uscita dalla scuola elementare. Lui aveva pensato forte forte alla zia Jeanne, che era distesa nella bara e che sarebbe stata così fiera.

Giscard farà passare la maggiore età a diciotto anni, tra quattro anni Isabelle sarà maggiorenne. Tra quattro anni, dunque, Isabelle avrà il diploma, se ha fatto bene i calcoli. Ricomincia daccapo, l'ultimo anno alle medie e poi quattro al liceo, 1978, avrà il diploma, e anche Claire, due anni dopo. Continueranno gli studi, forse a Clermont-Ferrand. Conosce una figlia di contadini del loro comune che studia a Clermont per diventare farmacista, tutti la conoscono, e lui sa che è stata nell'internato del liceo di Aurillac dove andranno le sue figlie. Si concentra per non perdere il filo del ragionamento. Bisognerà spendere dei soldi per gli studi dopo il diploma, anche con il sistema delle borse di studio ci vorranno soldi, e lui avrà di che provvedere; le bambine non sono stupide, vedranno la differenza tra lui e la loro madre. Da quando ha fatto mettere la televisione, l'estate dopo la separazione, non confonde più separazione e divorzio, il divorzio è stato pronunciato soltanto tre anni dopo, il 17 giugno 1970, da quando ha la televisione, dunque, il signor Durif, il marito della prima maestra di Isabelle, spesso viene a trovarlo alla fattoria. Il signor Durif fa l'elettricista, vende le televisioni ma si interessa un po' di tutto. Con lui si può parlare dei fatti del posto, e anche di agricoltura, delle elezioni, di rugby o degli studi delle bambine. Avendo una moglie maestra, il signor Durif è ben informato e gli ha spiegato come funzionano gli studi; ha molta pazienza, ripete le cose tante volte quanto è necessario, sembra quasi che sia coinvolto personalmente. A lui piace parlare con il signor Durif, che ha oltre cinquant'anni e lo ha chiamato quasi subito per nome; alla fine ha cominciato a farlo anche lui, ma sulle prime gli veniva difficile. Roger, il signor Durif si chiama Roger, non ha mai fatto commenti o domande sulla separazione, sul divorzio e tutto l'ambaradan, le noie con gli avvocati, il tribunale. Eppure la gente ne avrà parlato, ne avrà dette di cotte e di crude; non si era mai visto, da queste parti, un divorzio in una fattoria, una donna che se ne va con i figli, con tre bambini piccoli. All'inizio, tutti avranno pensato, come i genitori e come anche lui, che sarebbe tornata; le sarebbe passata, si sarebbe calmata, lui era il padre dei bambini e poi avevano comprato la fattoria a metà, c'era la firma di tutti e due. Ricorda ancora quanto gli era bruciato di non averlo intuito prima, che lei avrebbe potuto andarsene così, con tre bambini, senza valigie, senza niente, mentre lui pensava di averla in pugno, con l'orgoglio, soprattutto; a lei piaceva fare la padrona, e scorrazzare in macchina nel paese per andare a messa o per fare la spesa, con i bambini vestiti di tutto punto. Non la credeva capace di una pensata del genere, davvero impressionante, lei era buona a piagnucolare e a lamentarsi dalla mattina alla sera, ma a prendere una decisione, a sparire così senza tornare, no, non gli sembrava possibile, soprattutto quando avevano cominciato a parlare di soldi con gli avvocati. A lei stavano a cuore, i soldi della fattoria, ci teneva alla sua parte, come diceva sempre, peccato che c'erano ancora un bel po' di prestiti da rimborsare alla banca, e la legge non era dalla sua, aveva torto marcio, visto che era stata lei ad andarsene. Quando la zia Jeanne aveva saputo, appena arrivata da Parigi, a luglio, un mese dopo, aveva detto subito che sbagliavano, lui e i suoi genitori, a pensare che tutto si sarebbe messo a posto e che alla fine avrebbero riattaccato i cocci, in un modo o nell'altro. La zia Jeanne aveva avuto ragione.

Non dorme, ancora non riesce, ormai la nottata è persa, lo sente. È sempre la stessa musica, ma lui tiene botta con una bella siesta sulla panca, dopo mangiato, per fortuna è un tipo robusto. Ne ha passate di notti bianche, tra il 1967 e il 1970, notti intere a calcolare come fare per non vendere, per non gettare la spugna e dover tornare giù a lavorare con il padre o in una fattoria non sua. Doveva trovare i soldi per riscattare la parte di lei. Li ha trovati, si è spaccato la schiena, ha retto il colpo, gli piacciono queste espressioni, e adesso è tutto suo. Tra due anni, per la precisione, quando avrà finito di pagare le ultime rate alla banca, sarà veramente tutto suo, le terre, la casa, il fienile e la stalla, le bestie, tutto. Avrà ancora dei prestiti in sospeso per i macchinari che ha comprato e per i lavori di miglioria degli edifici, ma sono cose normali e anzi è un segno di buona salute per una fattoria, a patto che l'ammontare dei debiti resti ragionevole rispetto alle entrate. Questo lo ha capito da un pezzo; sa che deve anticipare, per usare una parola della banca che in questo caso non gli dispiace. Anticipare, e guardarsi intorno; diventare una piccola impresa agricola per il periodo della fienagione, ad esempio, con delle buone macchine, sempre che si sappiano usare e si lavori sodo. Lui lo fa da tre anni e funziona. Tutti sanno che è una persona seria e che andrebbe a lavorare anche sotto il temporale. Nelle piccole fattorie, i contadini che stanno per andare in pensione e che non vogliono o non possono investire in macchinari si rivolgono a lui, e i soldi entrano. I soldi entrano, escono, circolano; ma, adesso che è solo al timone, sa esattamente dove vanno e a cosa servono. L'assegno alimentare per i tre bambini viene ritirato dal conto una volta al mese, è scritto chiaro e tondo e a lui sta benissimo; lo stesso per gli stipendi di Gérard, il vaccaro, di Félix e della signora Chassagnoles, che viene due ore al giorno dal lunedì al venerdì e quattro ore il sabato e si occupa di tutto, delle pulizie, del bucato, della spesa e della cucina, soprattutto della cucina. È la zia di Gérard e tiene la casa meglio della sua ex moglie. Non sa più come chiamarla, lei; davanti alla gente non pronuncia mai il suo nome, prima diceva mia moglie, la mia ex moglie, adesso in genere è la madre dei suoi figli, la madre dei bambini, e ne parla il meno possibile.

Ne è passata di acqua sotto i ponti, sette anni, lui ne ha trentasette, come lei. Muove le dita dei piedi e si stira sul materasso, gli piace avere tutto quello spazio per sé. La signora Chassagnoles cambia le lenzuola ogni due sabati, lo ha fatto il giorno prima e adesso lui si gode quel buon odore di pulito. Non porta mai nessuna donna in quella camera, e nemmeno in quella casa, se la cava in altro modo. Ha sempre saputo arrangiarsi, quando era sposato, e non ha cambiato di molto le sue abitudini. Di donne ne trova, senza pagare, ma non le ha mai portate a casa. Nessuna andrà mai a vivere in casa sua. In fondo, non gli importa di quello che ha potuto dire o pensare la gente, ormai se lo è lasciato alle spalle, così come tutti i discorsi degli avvocati e del giudice. Per fortuna. Il peggio erano proprio gli avvocati, anche il suo, e il giudice; davanti a loro gli sembrava di essere tornato a scuola, di fare fatica a capire, di essere sempre in errore. Non capiva quello che dicevano, con le loro frasi pompose. Si accorgeva benissimo che lei fingeva di seguire, durante gli incontri negli studi legali di Aurillac, ma di sicuro non ci capiva più di lui. Si accorgeva, soprattutto, che le faceva paura, lui riconosceva quella paura e lei lo sapeva. Le avrebbe sempre fatto paura, e anche a suo figlio, suo figlio è come lei; le bambine sono diverse. Torce un po' la bocca. Lei ha paura, e vergogna, non deve aver raccontato tutto quello che succedeva tra di loro, né alla madre né all'avvocato. Se lo sarà tenuto per sé. Anche se all'inizio, nell'estate del 1967, si era sentito travolto dagli eventi, come trovava comodo dire, di lì a poco aveva capito tutto, l'avvocato glielo aveva spiegato, che lei si era messa dalla parte del torto, con l'abbandono del tetto coniugale. Queste parole se le ricorda bene, abbandono del tetto coniugale. Era la sua fortuna, e la sua forza; lei non avrebbe potuto pretendere niente per sé, a lui sarebbe toccato pagare gli alimenti per i bambini, e avrebbe riscattato la quota che le spettava per la fattoria, trovando il verso di lasciarle meno soldi possibile, visto che lei aveva deciso di andarsene. Era lui che faceva entrare i soldi, lui solo, fin dall'inizio, non lei, lei era capace soltanto di spenderli e di chiederne sempre di più, per la spesa e per i bambini; non c'era mai fine, e questo lo faceva uscire dai gangheri, che lei vivesse sulle sue spalle. Era un peso morto, lei, sempre a ciondolare in casa o nel cortile, cominciava mille cose senza finirne una, capace a malapena di comandare la domestica che però era pagata da lui, perché lei non era buona a cavarsela da sola. Sempre incinta, a strasciconi per la casa, enorme, sempre più enorme, e flaccida. Affonda la testa nel guanciale, ce la spinge dentro, il collo si irrigidisce, bisogna che si calmi; è una storia vecchia, finita, se n'è liberato. Anche se lei sarà sempre la madre dei bambini. Non ci si può fare niente. All'inizio aveva creduto che sarebbe stata una buona madre, almeno questo, che li avrebbe cresciuti bene, certo, sono venuti uno dietro l'altro, lo ammette, ma non la si poteva nemmeno toccare che subito rimaneva incinta. Di sicuro si sarà ingarbugliata con le temperature; si ricorda il nome del metodo, Ogino-Knaus. Un'altra diavoleria, quel marchingegno. Sua suocera aveva trovato la soluzione, legatura delle tube dopo il terzo figlio. Quasi si meraviglia, di ricordare ancora le parole esatte. Ormai non dormirà più, è andata, pazienza. Sua suocera è una donna con la testa sulle spalle, a Fridières il capo è lei, fa girare l'azienda agricola e l'allevamento del pollame, dove ha assunto la figlia divorziata, ma deve starle dietro per tutto, ci giurerebbe, facendo i salti mortali per poterle dare uno stipendio. I pollaioli di Aurillac che rifornisce sono dei tipi seri e gran lavoratori, suo fratello li conosce, vogliono che la merce sia perfetta e pronta al momento giusto. Non gli si farà certo credere, a lui, che la sua ex moglie sia diventata miracolosamente capace di avere un ruolo qualsiasi e di far fronte a delle vere responsabilità. In fondo, gli è andata bene, ha rifilato quella palla al piede alla suocera, che dovrà tirarsela dietro fino alla fine, meglio così.

Quando scende a Soulages dai genitori, più o meno una domenica al mese, la madre gli racconta tutto; a suo padre non piace parlare della gente, ma la madre ha la lingua lunga, soprattutto quando sono soli, lui e lei, e può liberamente dire male della nuora. Sua madre continua a usare questa parola, nuora, ma si trattiene davanti ai bambini, che vanno a mangiare da loro quando lui è lì. Il pranzo domenicale dai nonni paterni, insieme al padre, è previsto dalla sentenza di divorzio, è scritto nero su bianco, ma lui non guarda mai quelle cartacce, anche se sa esattamente dove sono conservate, nel mobile dei documenti che gli ha lasciato la zia Jeanne. Cerca sempre di rispettare le date e di scendere una volta al mese, tranne d'estate se viene chiamato per lavori urgenti nelle fattorie. A un contadino che conta su di te per imballare il fieno secco non gli si può dire oggi non vengo, vado a mangiare dai miei con i bambini perché lo ha deciso il tribunale; lui non è un dipendente pubblico. All'inizio, nel 1967, era stato diversi mesi, almeno sei, fino a Natale, senza vedere i bambini. Il tempo passava veloce e lui aveva altro a cui pensare, doveva tenere botta alla fattoria, e far fronte a tutto senza andare a piagnucolare dai genitori. Troppo facile, tornarsene dalla madre passando per vittima innocente, facendo la parte della buona, della moglie maltrattata, prigioniera del marito violento con tre bambini piccoli che hanno paura. Si domandava davvero come aveva fatto, lui, a caricarsi una tale palla al piede. Lo faceva diventare pazzo, con quegli occhi da cane, e lui picchiava, picchiava contro il sacco di patate, questo è certo. Non ci vuole pensare, muove la testa sul guanciale; forse sarebbe potuta andare a finire male con i gendarmi, in galera, o peggio. Lei aveva detto e ridetto, come il suo avvocato, che lui alla fine se la sarebbe presa con i bambini, che i bambini avevano paura, tutti e tre, sempre di più; lei se n'era andata per proteggere i bambini. Salvarli. Lo ha colpito, questa parola. Salvarli. Come se lei fosse stata capace di salvare i suoi figli quando non era nemmeno buona a badare a se stessa e a tenersi pulita. Si dava da fare solo per i vestiti di lui, ci stava attenta; per il resto, era tutto raffazzonato. Gli torna in mente quanto ha dovuto penare la signora Chassagnoles i primi tempi per ripulire la casa, la biancheria quasi ammuffita accatastata nello sgabuzzino e la carne imputridita, dimenticata in fondo al salatoio della cantina. Non aveva tenuto la piccola Nicole come domestica, era troppo giovane. Gérard gli aveva detto che una sua zia vedova aveva bisogno di lavorare. La signora Chassagnoles era stata subito disponibile. Salvare i bambini. Sente un saporaccio che gli risale in bocca, un sapore freddo come di ferro, lo riconosce. Vuole resistere. Sarebbe meglio alzarsi, guarda la sveglia che segna quasi le due. Fa un respiro profondo, si deve calmare.

Con Suzanne non aveva mai alzato le mani, mai; lei non lo avrebbe tollerato nemmeno per un attimo. Era un'altra vita, non abitavano insieme, lui stava in caserma, lei in città, dove aveva il suo lavoro negli uffici e qualche anno più di lui, aveva esperienza, in tutti i campi. Era una gran donna, Suzanne, proprio una gran donna. Non sa da dove gli venga questa espressione, ma la riserva soltanto a lei. Un'altra vita, lì in Marocco, per ventisette mesi. Aveva imparato a nuotare, Suzanne gli aveva insegnato, se la cavava bene. Adesso se ne sarà dimenticato, di sicuro, non ci ha mai più provato dopo il suo ritorno, nessuno nuota nei fiumi di qui, nel Résonnet o nella Santoire, l'acqua non è abbastanza alta d'estate ed è troppo fredda per il resto dell'anno. Ha conservato il suo costume da bagno, è in fondo al cassetto delle mutande. Subito dopo il matrimonio, fin dalle prime settimane, quando aveva capito dove si andava a parare, si era pentito di essere tornato, di non aver rinnovato la ferma. I suoi genitori non avrebbero capito, e poi le bestie, il mestiere, la montagna gli mancavano, laggiù in Marocco. Faceva troppo caldo in quei posti, e soprattutto aveva avuto paura, se si fosse fermato, di essere spedito in Algeria, dove nel 1959 si stava mettendo davvero male, e di dover dire addio alla pacchia. Fare il giardiniere del colonnello a Casablanca era proprio una pacchia, un paradiso, con una donna come Suzanne, i compagni di leva, un lavoretto liscio come l'olio e il colonnello che gli dava fiducia. Si ricorda gli asini scheletrici e i bambini scalzi, i ragazzi vestiti di stracci che li seguivano dappertutto, loro, i soldati francesi. In Marocco ci si sentiva ricchi, se si era bianchi. Lui avrebbe fatto l'autista, dopo aver preso le patenti necessarie. Non aveva detto a nessuno che nel suo paese c'era una fidanzata che lo aspettava; scriveva lettere e ne riceveva, aveva raccontato a tutti che c'era una simpatia con una vicina, una vecchia compagna di scuola, ma nulla di concreto. Sarebbe dovuto restare in Marocco; sì, però nell'esercito avrebbe sempre avuto qualcuno sopra di lui, avrebbe dovuto obbedire, anche se era più facile obbedire al colonnello che a suo padre. Qui, alla fattoria, il colonnello è lui, lui comanda e paga, è il capo. Non guarda le foto del Marocco, sa dove sono, adesso che gli armadi sono perfetti, sistemati a regola d'arte, lo sa con esattezza ma non le guarda. Lui non è uno che si gira indietro, bisogna andare avanti.

Non gli sono mai piaciute, le foto, anche se la zia Jeanne diceva che era importante per una famiglia avere degli album di ricordi, tanto più con le macchine fotografiche moderne che erano davvero facili da usare. Gli aveva regalato l'album per il Marocco, quando era partito militare, ma lui non le aveva mostrato le foto di Suzanne. Al momento della separazione, a giugno, non avevano detto nulla alla zia Jeanne; avevano aspettato che venisse giù da Parigi, il 14 luglio come tutti gli anni, per parlargliene. Forse ci era rimasta male, non ne è sicuro, ma sua zia non sembrava sorpresa e non aveva fatto commenti; aveva solo detto, fin da subito, che era una cosa definitiva e che bisognava pensare ai bambini, accordarsi come meglio si poteva per il bene dei bambini. Era andata diverse volte a Fridières, a piedi, come per fare una passeggiata, in realtà per avere notizie, parlare, trovare delle soluzioni. Era l'unica a poterlo fare, a Fridières era sempre la benvenuta. Ripeteva queste parole, sempre la benvenuta, trovare delle soluzioni, insieme, per l'avvenire dei bambini. Prima di ripartire per Parigi, a fine agosto, lo aveva preso da parte, lui da solo, per dirgli di non mostrarsi mai arrabbiato con i giudici e gli avvocati, anche se ne avesse avuto voglia, anche se avesse avuto motivo di indignarsi, perché sarebbe stata la lotta del vaso di coccio contro i vasi di ferro, e la legge avrebbe comunque avuto l'ultima parola. Aveva insistito. Se ci teneva alla fattoria, doveva restare calmo e accettare quello che gli avvocati e il giudice proponevano per il mantenimento e per i giorni di visita dei figli. Non voleva sapere cos'era successo davvero con sua moglie, nel suo rapporto di coppia, aveva usato questa espressione, ma lui era il padre di tre figli, il che comportava degli obblighi e doveva farsene una ragione. Lui non aveva risposto, capiva che la zia Jeanne parlava con giudizio e che bisognava seguire i suoi consigli. Aveva preso e infilato nel portafoglio una foto che gli aveva dato perché la tenesse con sé, lassù alla fattoria. Ce l'ha ancora, quella foto, sul ripiano della credenza, accanto alla radio che accende la mattina quando beve il caffè con Félix, prima di scendere alla stalla. L'aveva scattata la zia a Natale del 1966, a Soulages, nella cucina dei suoi, davanti alla televisione appena comprata dal padre. I tre bambini sono in piedi, portano al collo la catenina del battesimo, posano soddisfatti con i loro regali di Soulages, due bambolotti e due mini cucine attrezzate per Isabelle e Claire, una macchinona giocattolo rossa per Gilles.

I bambini sono cresciuti, finché viveva con loro non si accorgeva dei cambiamenti; adesso è diverso. Le figlie hanno preso da lui, sono vivaci, resistenti; il figlio assomiglia alla madre, lo sapeva fin dall'inizio, lei lo ha coccolato troppo e adesso a lui non sembra neppure di avere un figlio maschio. I pranzi domenicali dai genitori sono un piacere. La cucina di sua madre è insuperabile, la *truffade*, o l'*aligot*, il *coq au vin*, il bollito di manzo, il budino caramellato, le crostate di mele o di prugne; lei non sta ferma un attimo, è sempre in piedi per servire, i bambini quasi non aprono bocca, mangiano e se ne stanno lì impalati, soprattutto Gilles, che rimane seduto tra le sue sorelle con l'aria sempre un po' addormentata. La madre parla molto e a voce alta, racconta i fatti della gente, le malattie, le nascite, le morti, i matrimoni, lo tiene informato e lui ascolta per farle piacere, ma si sente sempre più lontano da quelle storie perché la sua vita è lì, alla fattoria, lassù in alto. Gli capita raramente di incontrare il fratello e la cognata, che hanno un negozio aperto anche di domenica mattina e arrivano dai genitori, ogni due settimane, soltanto nel tardo pomeriggio, quando lui è già ripartito. Parla con suo padre, non sempre si trovano d'accordo, anzi, e non avrebbero mai potuto lavorare insieme, ma il padre gli dà ottimi consigli per il bestiame, per le macchine agricole da comprare, per il futuro della fattoria. Suo padre pensa che dovrebbe espandersi, cercare altri terreni da prendere in affitto, una quindicina o una ventina di ettari, lì in zona, il più vicino possibile per non perdere troppo tempo per strada;

gli dice che potrebbe aumentare i capi di bestiame e tirarne fuori un bel po' di formaggio in più ogni settimana, al prezzo a cui si vende il Saint-Nectaire, è oro che cola, e non bisogna aspettare che i prezzi scendano, bisogna battere il ferro finché è caldo. Probabilmente ha ragione. Con tutti i contadini ormai a fine corsa che conosce, che lo chiamano per la fienagione e che sono a un passo dalla pensione senza nessuno a prenderne il posto, chi meglio di lui può sapere quali terreni saranno da affittare nei prossimi due anni per tenersi pronto a farsi avanti. Neppure lui ha un successore. Le bambine continueranno gli studi, avranno un mestiere in città, non rimarranno certo alla fattoria, e fanno bene, anche se la maggiore, Isabelle, sarebbe stata un'agricoltrice coi fiocchi. Ci ha sempre saputo fare, fin da piccolissima, ma non si può sapere come andranno le cose nei prossimi anni, soprattutto vista la situazione del prezzo del petrolio, e questo nuovo presidente che non sa niente di agricoltura e di montagna, e le leggi europee si immischiano in tutto. Si è sempre meno padroni in casa propria, le spese aumentano, pagare due lavoranti e una donna delle pulizie, come fa lui, è un'impresa non da poco. Si rigira nel letto. Le bambine staranno meglio in città, lui potrà pagare gli studi, loro sapranno vedere la differenza tra lui e la madre, e avranno un buon lavoro, saranno farmaciste, dottoresse, avvocatesse, o professoresse, che è meglio di maestre, Roger Durif glielo ha spiegato. Si rigira di nuovo nel letto. Quanto al piccolo, non lo vede bene, sente che Gilles ha preso tutto dalla madre e dal nonno materno; ne faranno un pappamolle, non certo un uomo capace di tenere una fattoria. Torna sempre allo stesso punto pensando ai figli, il maschio lo ha perso, anche se la zia Jeanne prima di morire gli aveva detto, si ricorda ancora le parole esatte, forse non avrai un successore, ma avrai sempre tre eredi, e questo cambia tutto.

Durante le vacanze estive, finita la fienagione, tutti e tre i figli dovrebbero trascorrere due settimane alla fattoria con lui, con il padre, è scritto anche nelle carte del tribunale. Con l'andare degli anni, si è reso conto che ci si poteva un po' discostare dalle regole stabilite dalla sentenza, sempre che tutti fossero d'accordo. La madre dei suoi figli è come lui, ha paura degli avvocati, dei giudici e di tutta quella sceneggiata, che non ha mai fine e costa cara; non le sarebbe passato per il capo di creare complicazioni. Lui riga diritto con gli alimenti, e per il resto, stando attenti a non esagerare, non si è obbligati a rispettare alla lettera quello che ha deciso il tribunale. Le bambine sono sempre venute, ogni volta per quindici giorni, ma Gilles non è mai rimasto più di una settimana. L'una o l'altra delle zie è venuta su a prenderlo, con il proprio marito, la domenica pomeriggio. Non vengono da sole, le sue zie, ormai sono sposate e hanno figli anche loro, li lasciano dalla madre il tempo di venire su, non si trattengono, gli dicono a malapena buongiorno, a lui, manco fosse il diavolo in persona. Infilano in macchina il bambino con tutte le sue cose, scambiano due parole con le bambine, verranno a prenderle la domenica successiva, salvo che non decida di riportarle giù lui. Le cognate sono delle tipe sveglie che non hanno paura di niente, hanno dovuto sentirne di cotte e di crude su di lui per non azzardarsi a venire da sole, senza i mariti. Si ricorda ancora bene di come funzionano le cose in quella famiglia, è una vera tribù, gli uomini non contano nulla, è la madre che comanda su tutto e le figlie si danno manforte. Con lui, perlomeno, si sono scornate. Sono tempi strani, questi, dal maggio 1968, con la loro rivoluzione, le donne vogliono prendere il posto degli uomini, vede le immagini alla televisione, ascolta la radio, legge anche il giornale, si interessa; il mondo si è capovolto e questo lo stranisce. Persino nella sua fattoria, nella sua valle, sulle rive della Santoire, in mezzo al nulla, non ci si salva, si sente minacciato, lo si vorrebbe comandare e lui è stranito.

Non gli piace pensare a queste storie, ma una volta che comincia non riesce a smettere di rimuginare, soprattutto la notte; durante il giorno per fortuna non ne ha il tempo. Respira a fondo il buon odore del bucato pulito, tanto per aggrapparsi a qualcosa, ma continua a girare in tondo. Ai tempi in cui c'era lei, la casa non era mai in ordine, tranne quando le domestiche avevano appena fatto le pulizie, ma lei non le sapeva comandare, e loro prendevano il sopravvento. Lo faceva diventare matto, dover assistere a tutto quello spreco in casa propria, lui pagava il mensile ma il lavoro non era mai fatto a dovere. Con la cucina se la sarebbe cavata benino, la sua ex moglie. Era stata ben istruita, a Fridières, la suocera era un asso anche ai fornelli, il *coq au vin* e le crostate della suocera potevano competere con quelli di sua madre; lo sapeva, ma non lo avrebbe mai ammesso di fronte a nessuno. La sua ex moglie era capace in cucina, ma ci si metteva troppo tardi, le mancava sempre qualcosa all'ultimo momento, bofonchiava, se la prendeva con le pentole, e soprattutto, soprattutto, lasciava cumuli di piatti sporchi per ore, tutto il pomeriggio, e la domenica anche fino a sera se la domestica non era ancora tornata. L'acquaio traboccava e a lui faceva schifo mangiare in quelle condizioni. A Soulages, tutto veniva lavato e messo a posto man mano, prima di pranzo, e anche a Fridières, quando scendevano la domenica, la cucina era impeccabile. Proprio a lui doveva toccare, quella rammollita di donna, quell'incapace, incapace sotto ogni aspetto. Le parole che usa per parlare di lei sono sempre le stesse, da anni, rammollita, incapace, inutile. Via via che passa il tempo, ci pensa meno spesso, a quella vita, era sempre pronto a esplodere, e più lei aveva paura, più lui si infuriava. Meglio adesso, anche senza successori per la fattoria. È ancora troppo giovane per pensare a questo, ai successori; si vedrà tra dieci o dodici anni, quando avrà cinquant'anni e le bambine avranno finito di studiare. Si faranno onore, di sicuro; questa espressione della zia Jeanne gli torna in mente di colpo.

Deve firmare le pagelle delle bambine, lo fa a casa dei genitori, tre volte l'anno, all'incirca, a Natale, a Pasqua e alla fine dell'anno scolastico. Vede i voti, nove dappertutto, tranne nei lavori manuali per Claire e in musica per Isabelle; legge i giudizi, molto buono, molto buono, eccellente, ottimo, dimentica le parole usate per le valutazioni, tutte uguali, i professori non si sprecano, si copiano a vicenda. Anche sua madre guarda le pagelle, e suo padre, di solito poco interessato ai nipoti, addirittura tira fuori il portafoglio e porge una banconota alle bambine. Isabelle e Claire la prendono, sono imbarazzate ma la prendono e fanno bene. Di certo non possono aspettarsi la paghetta dalla loro madre, con quello che deve guadagnare. Quando le bambine mostrano le pagelle, sempre all'ultimo momento prima di ripartire per Fridières, dopo il pranzo e il caffè, Gilles rimane in disparte. Probabilmente alle elementari non danno la pagella. Lui preferisce non sapere, ma si stupirebbe che Gilles fosse bravo a scuola come le sue sorelle. Nemmeno a lui piaceva la scuola, si annoiava, guardava fuori dalla finestra tutto il giorno. Vedeva i prati, i boschi, le mucche di suo padre e quelle degli altri allevatori, non capiva bene perché dovesse starsene seduto lì a ripetere le lezioni invece di correre all'aria aperta. Non ha finito la scuola dell'obbligo, a quei tempi se ne infischiava, adesso lo rimpiange perché sente la mancanza di quell'istruzione che non ha avuto, anche per le faccende della fattoria, e poi perché aveva deluso la zia Jeanne, che non lo meritava. Gli era sempre piaciuto il lavoro alla fattoria, e soprattutto gli animali, le mucche. Diceva che li aveva nel sangue, le mucche e il mestiere di contadino, come suo padre e suo nonno prima di lui. Uno poteva avercelo o non avercelo, il mestiere nel sangue, il fratello non ce lo aveva, Gilles e Claire neppure, Isabelle invece sì; ma Isabelle era una femmina e i tempi erano cambiati. Lui non dà soldi alle figlie per le pagelle, già paga gli alimenti per tutti e tre ogni mese, e le bambine lo sanno. Capiscono tutto, non c'è bisogno di dire le cose due volte e non si sa mai cosa pensano, anche quando ringraziano il nonno per i soldi.

Tra di loro vanno d'accordo, lui lo vede mentre sono lì d'estate, soprattutto nella seconda settimana quando rimangono sole, senza Gilles. Si trovano bene con Félix e con la signora Chassagnoles, che chiedono sempre notizie delle sue figlie quando lui torna da Soulages nei fine settimana durante l'anno. Vanno a fare l'erba per i conigli sul ciglio dello sterrato e ne approfittano per scendere al fiume a bagnarsi i piedi, raccolgono i fagiolini con Félix, spazzano in cucina o asciugano i piatti lasciando sul tavolo quelli che non sanno dove mettere. Vanno a stendere il bucato in giardino, lui le sente parlare e ridere da lontano ma quando si avvicina ammutoliscono. Non parlano per prime però gli rispondono sempre, guardandolo in faccia, quando è lui che si rivolge a loro. Non sa bene cosa dire alle sue figlie. Claire stira da sola i suoi vestiti e né l'una né l'altra lasciano niente in giro, mai. Tengono ogni cosa in camera loro, la stessa di quando vivevano lì, in casa tutto è ancora come prima, tranne il letto di Gilles che era troppo piccolo e proveniva da Fridières, ma lui ha intenzione di fare dei lavori grossi, tra qualche anno. Invecchiando si ha bisogno di più comodità, i suoi hanno sistemato Soulages a modino e lui farà lo stesso. Non sarebbe contento se i suoi figli restassero troppo tempo piantati davanti alla televisione quando sono da lui, ma non hanno questa abitudine, la guardano appena. Le bambine ascoltano alla radio le canzoni dei giovani. Isabelle non si arrampica più sull'albero come faceva sempre da piccola, sono troppo grandi per le altalene, anche Claire, ma se ne stanno in cortile per ore, sedute sul muro all'ombra a leggere i libri che hanno portato con sé e il «Paris Match», che prendono dalla pila di riviste sul tavolo del corridoio. Gli arrivano all'orecchio i rumori di Félix che si rigira nel letto e sta per alzarsi, scenderà in cucina e metterà a scaldare il caffè. Sono quasi le cinque, avrà dormito un quarto d'ora o venti minuti. Quando le bambine sono lì, il suo momento preferito è la domenica mattina; gli lavano la schiena, l'una o l'altra, a turno, capita due volte l'anno. Sono soli in cucina, poco prima delle dieci. Lui prepara un guanto di spugna ben caldo e insaponato che lascia sul bordo dell'acquaio, a sinistra, e poi un secondo, a destra, caldo come il primo ma senza sapone, per sciacquare. Le mani delle bambine scendono e risalgono, più volte, dalla nuca ai fianchi, senza bagnare il bordo elastico degli slip, le dita tese dentro il guanto ma senza premere troppo per non farlo sgocciolare. Non parlano, lui nemmeno. Si sforzano di far bene e lui ci pensa tutte le domeniche mattina, il resto dell'anno, quando non ci sono.

Giovedì 28 ottobre 2021

Il cortile è vuoto. La casa è chiusa. Claire sa dov'è la chiave, sotto una lastra di ardesia, dietro l'acero, ma non entrerà in casa. Non ci entrerà più. Sarebbe venuta anche sotto la pioggia, anche se quel pomeriggio fosse stato battuto dal vento freddo e umido come a volte accade nei giorni prima di Ognissanti, ma è fortunata; pensa esattamente questo, che è fortunata con quella luce di ottobre, il cortile di casa, l'acero, l'altalena e il ruggito della Santoire che sale fino a lei nell'aria calda e azzurra. Attraversa il cortile e le ultime foglie dell'acero scricchiolano sotto i suoi passi. I nuovi proprietari vivono in un comune dei dintorni e non abiteranno in questa casa, almeno per il momento, ma la terranno bene, come già fanno da oltre due anni con i terreni che hanno comprato nella primavera del 2019. Claire ricorda la data esatta, aveva accompagnato il padre dal notaio di Riom, lui glielo aveva chiesto perché cominciava a non fidarsi più della propria guida. I nuovi proprietari sono giovani, sono in gamba, hanno tre figli, tre maschi vispi e robusti che si arrampicheranno sull'acero e andranno sulle altalene, lanciandosi a rotta di collo tra il muro del giardino e la facciata della casa, quando il padre avrà riparato o sostituito quelle di un tempo ormai poco affidabili. Claire ha cinquantanove anni, e già da tempo ha smesso di chiedersi cosa rappresenti per lei quel cortile rettangolare, sperduto in fondo a una valle minuscola dove ha passato solo i primi cinque anni della sua vita e due settimane d'estate tra i sei e i diciassette anni, ventiquattro settimane in tutto, vale a dire sei mesi. Cinque anni e mezzo nella valle della Santoire, e una vita intera tra Aurillac, Fridières e Parigi. La sorgente sarebbe stata lì, una sorgente. Preferisce la parola sorgente alla parola radice. Questo genere di questioni le ha occupato a lungo la mente, quando aveva trenta o quarant'anni. Sa che anche il fratello e la sorella scendono a patti come possono con quella casa d'infanzia, il cortile e l'acero, Fridières e tutto il resto. Li rivedrà entrambi tra un'ora nello studio del notaio di Murat, insieme con i nuovi proprietari, per concludere la vendita della casa. Pensa che è l'ultimo atto e quasi se ne vuole per quel termine un po' altisonante, che le piomba addosso nel cortile vuoto senza lasciarle la possibilità di sostituirlo con un altro più neutro, più sobrio; l'ultima tappa, l'ultimo passo, l'ultima formalità. Stanno per liquidare, liquidano l'eredità, sono loro i tre eredi del padre. Claire respira l'odore tiepido e zuccheroso delle foglie illanguidite. Illanguidito fa un po' ridere, lo sa, ma lascia che questa parola salga a galla e la sommerga. Nessuno si è mai sentito davvero illanguidito in quel cortile, perlomeno nessuno di sua conoscenza. Le viene da sperare che a qualcuno sia capitato, prima di loro, e che a qualcun altro capiterà, dopo di loro, loro cinque, inchiodati lì per un pugno di anni, e poi il padre, poco o nulla illanguidito e solo nel suo feudo, pressappoco fino alla morte. Si addossa al tronco dell'acero. Ascolta la Santoire. Ha posato la mano destra aperta sui licheni rossicci della facciata, adesso se ne andrà, si ricorderà di tutto. Non chiude gli occhi, la luce è dolce.

Collana «Le strade»

454. Juli Zeh, *Cuori vuoti*, traduzione di Madeira Giacci.

455. Henriette Roosenburg, *Ora che eravamo libere*, traduzione di Arianna Pelagalli.

456. Mazo de La Roche, *La fortuna di Finch*, traduzione di Sabina Terziani.

457. James McBride, *The Good Lord Bird. La storia di John Brown*, traduzione di Silvia Castoldi.

458. Elizabeth Jane Howard, *Il tempo dell'attesa*, nuova edizione, traduzione di Manuela Francescon.

459. Julio Cortázar, *A passeggio con John Keats*, traduzione di Elisabetta Vaccaro e Barbara Turitto.

460. Luciana Boccardi, *La signorina Crovato*.

461. Pitchaya Sudbanthad, *Sotto la pioggia*, traduzione di Silvia Castoldi.

462. Margaret Storm Jameson, *Mai guardarsi indietro*, traduzione di Velia Februari.

463. Brigitte Riebe, *Una vita da ricostruire*, traduzione di Teresa Ciuffoletti e Nicola Vincenzoni.

464. Giorgia Tribuiani, *Blu*.

465. Thomas Hardy, *Due sulla torre*, introduzione di Giorgio Montefoschi. Traduzione di Chiara Vatteroni.

466. Susy Galluzzo, *Quello che non sai*.

467. Elizabeth Jane Howard, *Confusione*, nuova edizione, traduzione di Manuela Francescon.

468. Lily King, *Scrittori e amanti*, traduzione di Mariagrazia Gini.

469. Pierre Ducrozet, *L'invenzione dei corpi*, traduzione di Antonella Conti.

470. Valentino Ronchi, *Riviera*.

471. Hilary Mantel, *Un esperimento d'amore*, traduzione di Giuseppina Oneto.

472. Carmen Korn, *Quando il mondo era giovane*, traduzione di Manuela Francescon.

473. John Williams, *Augustus*, nuova edizione, traduzione di Stefano Tummolini.

474. Elizabeth Jane Howard, *Allontanarsi*, nuova edizione, traduzione di Manuela Francescon.

475. Namwali Serpell, *Capelli, lacrime e zanzare*, traduzione di Enrica Budetta.

476. Ana María Matute, *Ricordo di un'isola*, traduzione di Maria Nicola

477. Daisy Johnson, *Sorelle*, traduzione di Stefano Tummolini.

478. Paul Scott, *Il giorno dello scorpione*, traduzione di Stefano Bortolussi.

479. Ivy Compton-Burnett, *Servo e serva*, traduzione di Manuela Francescon.

480. Dario Levantino, *La violenza del mio amore*.

481. Hilary Mantel, *I fantasmi di una vita*, traduzione di Susanna Basso.

482. Brigitte Riebe, *Giorni felici*, traduzione di Teresa Ciuffoletti e Nicola Vincenzoni.

483. Vigdis Hjorth, *Lontananza*, traduzione di Margherita Podestà Heir.

484. John Williams, *Nulla, solo la notte*, nuova edizione, traduzione di Stefano Tummolini.

485. Kate O'Brien, *Terra di spezie*, traduzione di Roberta Gefter Wondrich

486. Jodi Picoult, *Il libro delle Due Vie*, traduzione di Lucia Corradini Caspani.

487. Franco Faggiani, *Tutto il cielo che serve.*

488. Rebecca West, *Un matrimonio non premeditato*, traduzione di Stefano Tummolini.

489. Michelle Magorian, *Buonanotte, signor Tom*, traduzione di Arianna Pelagalli.

490. Elizabeth Jane Howard, *La ragazza giusta*, traduzione di Manuela Francescon.

491. Elizabeth Jane Howard, *Tutto cambia*, traduzione di Manuela Francescon.

492. Luciana Boccardi, *Dentro la vita.*

493. Desy Icardi, *La biblioteca dei sussurri.*

494. Fabrizia Ramondino, *Guerra di infanzia e di Spagna.*

495. Dorothy Edwards, *Sonata d'inverno*, traduzione di Francesca Frigerio.

496. Claudio Damiani, *Prima di nascere.*

497. Paolo Pintacuda, *Jacu.*

498. Cara Wall, *Amatissimi*, traduzione di Silvia Castoldi.

499. Giorgia Tribuiani, *Padri.*

500. Mazo de la Roche, *Il padrone di Jalna*, traduzione di Sabina Terziani.

501. Sheng Keyi, *Crescita selvaggia*, traduzione di Federico Picerni.

502. Tove Ditlevsen, *Infanzia*, traduzione di Alessandro Storti.

503. Brigitte Riebe, *Il tempo della speranza*, traduzione di Teresa Ciuffoletti e Viola Savaglio.

504. Ian Manook, *L'uccello blu di Erzerum*, traduzione di Maurizio Ferrara.

505. Barbara Cagni, *Per sempre, altrove.*

506. Arthur Phillips, *Il re ai confini del mondo*, traduzione di Silvia Castoldi.

507. Patricia Engel, *Paese infinito*, traduzione di Enrica Budetta.

508. Magaret Kennedy, *La ninfa costante*, traduzione di Sabina Terziani.

509. Marie-Hélène Lafon, *Storia del figlio*, traduzione di Antonella Conti.

510. Henrik Pontoppidan, *Pietro il fortunato*, traduzione di Alessandro Storti.

511. Sue Miller, *Monogamia*, traduzione di Martina Testa.

512. Helga Flatland, *Una famiglia moderna*, traduzione di Alessandro Storti.

513. Ivy Compton-Burnett, *Mariti e mogli*, traduzione di Manuela Francescon.

514. Paul Scott, *Le torri del silenzio*, traduzione di Stefano Bortolussi.

515. Sonia Aggio, *Magnificat.*

516. Flaminia Marinaro, *L'ultima diva.*

517. R.C. Sherriff, *Due settimane in settembre*, traduzione di Silvia Castoldi.

518. Elodie Harper, *Le lupe di Pompei*, traduzione di Isabella Zani.

519. Pascal Mercier, *Il peso delle parole*, traduzione di Elena Broseghini.

520. Tove Ditlevsen, *Gioventù*, traduzione di Alessandro Storti.

521. Lily King, *Cinque martedì d'inverno*, traduzione di Mariagrazia Gini.

522. Rebecca West, *Il ritorno del soldato*, traduzione e postfazione di Benedetta Bini.

523. Jodi Picoult, *Vorrei che fossi qui*, traduzione di Stefano Tummolini.

524. Daniel Albizzati, *Il naufragio.*

525. Sana Krasikov, *I patrioti*, traduzione di Velia Februari.

526. Desy Icardi, *La fotografa degli spiriti.*

527. Elizabeth Jane Howard, *Quel tipo di ragazza*, traduzione di Manuela Francescon.

528. Gore Vidal, *Burr*, traduzione di Pier Francesco Paolini.

529. James McBride, *Il diacono King Kong*, traduzione di Silvia Castoldi.

530. Anna Luisa Pignatelli, *Il campo di Gosto.*

531. Luis Landero, *Pioggia sottile*, traduzione di Giulia Zavagna.

532. Francesco Zani, *Parlami.*

533. Susan Taubes, *Divorzi*, traduzione di Giuseppina Oneto.

534. Mazo de la Roche, *I frutti di Jalna*, traduzione di Sabina Terziani.

535. Franco Faggiani, *L'inventario delle nuvole.*

536. Fabrizia Ramondino, *Althénopis.*

537. Tove Ditlevsen, *Dipendenza*, traduzione di Alessandro Storti.

538. Patrick Hamilton, *Schiavi della solitudine*, traduzione di Isabella Zani.

539. Helga Schubert, *Alzarsi*, traduzione di Marina Pugliano.

540. Ana María Matute, *I soldati piangono di notte*, traduzione di Gina Maneri.

541. Elodie Harper, *La casa dalla porta dorata*, traduzione di Giulia Gresti e Monica Pareschi.

542. Angela Carter, *La bottega dei giocattoli*, traduzione di Maria Baiocchi.

543. Shehan Karunatilaka, *Le sette lune di Maali Almeida*, traduzione di Silvia Castoldi.

544. Melissa Harrison, *L'aria innocente dell'estate,* traduzione di Stefano Bortolussi.

545. Emilia Hart, *Weyward*, traduzione di Enrica Budetta.

546. Hilary Mantel, *La storia segreta della Rivoluzione francese*, traduzione di Giuseppina Oneto.

547. Karen Jennings, *Un'isola*, traduzione di Monica Pareschi.

548. Paul Scott, *La divisione delle spoglie*, traduzione di Stefano Bortolussi.

549. J.F. Powers, *Morte d'Urban*, traduzione di Fabio Pedone.

550. Fabienne Agliardi, *Appetricchio.*

551. Carmen Korn, *Tra oggi e domani*, traduzione di Manuela Francescon.

552. Helga Flatland, *Fino alla fine*, traduzione di Alessandro Storti.

553. Antonio Schiena, *Chiodi.*

554. R.C. Sherriff, *Nuove abitudini*, traduzione di Silvia Castoldi.

555. A.K. Blakemore, *Le streghe di Manningtree*, traduzione di Velia Februari.

556. Elizabeth Jane Howard, *Amarsi*, traduzione di Manuela Francescon.

557. Namwali Serpell, *Tra le onde*, traduzione di Enrica Budetta.

558. Maciej Bielawski, *Umadevi*.

559. Kathleen Farrell, *La malizia del vischio*, traduzione di Stefano Bortolussi.

560. Desy Icardi, *La pasticciera di mezzanotte*.

561. Tim Winton, *Il capanno del pastore*, traduzione di Stefano Tummolini.

562. Judith Hermann, *A casa*, traduzione di Teresa Ciuffoletti.

563. Sonia Aggio, *Nella stanza dell'imperatore*.

564. Tore Renberg, *La mia Ingeborg*, traduzione di Margherita Podestà Heir.

565. Enrica Ferrara, *Mia madre aveva una Cinquecento gialla*.

566. Federigo Tozzi, Giuseppe Salvatori, *Bestie*.

567. Ge Fei, *Il mantello dell'invisibilità*, traduzione di Barbara Leonesi e Caterina Viglione.

568. Olivia Manning, *La grande fortuna*, traduzione di Velia Februari.

569. Ninni Holmqvist, *L'Unità*, traduzione di Margherita Podestà Heir.

570. Leif Enger, *Virgil Wander*, traduzione di Stefano Tummolini.

571. Scilla Bonfiglioli, *La sposa del vento*.

572. Lee Kravetz, *Le ultime confessioni di Sylvia P.*, traduzione di Stefano Tummolini.

573. Dörte Hansen, *Al mare*, traduzione di Teresa Ciuffoletti.

574. Aldo Simeone, *L'isola dei femminielli.*

575. Carla Madeira, *L'amore è un fiume*, traduzione di Daniele Petruccioli.

576. Emilia Hart, *Sirene*, traduzione di Enrica Budetta.

577. Ana María Matute, *La trappola*, traduzione di Gina Maneri.

578. Elodie Harper, *Il tempio di Fortuna*, traduzione di Giulia Gresti.

579. Rita Ragonese, *La vita contro.*

580. James McBride, *L'Emporio del Cielo e della Terra*, traduzione di Silvia Castoldi.

581. Franco Faggiani, *Basta un filo di vento.*

582. A.K. Blakemore, *L'insaziabile*, traduzione di Velia Februari.

583. Shifra Horn, *Figlie di Gerusalemme*, traduzione di Silvia Pin.

584. Xochitl Gonzales, *Olga muore sognando*, traduzione di Giuseppina Oneto.

585. Tove Ditlevsen, *Trilogia di Copenaghen*, prefazione di Claudia Durastanti. Traduzione di Alessandro Storti.

586. J. Bernlef, *Chimere*, traduzione di Stefano Musilli.

587. Elizabeth Jane Howard, *Una vacanza incantevole*, traduzione di Manuela Francescon.

588. Luis Landero, *Una storia ridicola*, traduzione di Giulia Zavagna.

589. Fatma Aydemir, *Tutti i nostri segreti*, traduzione di Teresa Ciuffoletti.

590. R.C. Sherriff, *La fine del viaggio*, traduzione di Silvia Castoldi.

591. Claudio Damiani, *Rinascita.*

592. Vigdis Hjorth, *Ripetizione*, traduzione di Margherita Podestà Heir.

593. Carla Madeira, *Preludio*, traduzione di Giacomo Falconi.

594. Nicola Bultrini, *Vita e morte di un poeta.*

595. Nadifa Mohamed, *I gentiluomini di fortuna*, traduzione di Silvia Castoldi.

596. Éric Reinhardt, *Sarah, Susanne e lo scrittore*, traduzione di Anna D'Elia.

597. Mauro Mazza, *Mostruosa mente.*

598. James McBride, *Il colore dell'acqua*, traduzione di Roberta Zuppet.

599. Colin Walsh, *Kala*, traduzione di Stefano Tummolini.

600. Nadia Noio, *Tornerà la primavera.*

601. Juhani Karila, *Pesca estiva in Lapponia*, traduzione di Delfina Sessa.

602. Susan Taubes, *Lamento per Julia e altre storie*, traduzione di Giuseppina Oneto.

603. Claire Lynch, *Una questione di famiglia*, traduzione di Velia Februari.

604. Barbara Cagni, *L'alba della nostra libertà.*

FSC
MISTO
Carta
FSC® C129194

Finito di stampare
nel mese di agosto 2025
presso Print on web s.r.l.
Via Napoli, 85 – Isola del Liri (FR)
per conto di
Fazi Editore